Canción para dos
Cat Schield

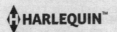

Editado por Harlequin Ibérica.
Una división de HarperCollins Ibérica, S.A.
Núñez de Balboa, 56
28001 Madrid

I.S.B.N.: 978-84-9170-710-3
Depósito legal: M-33523-2017
Impresión en CPI (Barcelona)
Fecha impresion para Argentina: 31.7.18
Distribuidor exclusivo para España: LOGISTA
Distribuidores para México: CODIPLYRSA y Despacho Flores
Distribuidores para Argentina: Interior, DGP, S.A. Alvarado 2118.
Cap. Fed./Buenos Aires y Gran Buenos Aires, VACCARO HNOS.

Capítulo Uno

Nate Tucker se tumbó en el sofá que había en la sala de control de West Coast Records's L.A., después de decirle al ingeniero de sonido que se tomase un descanso. Cerró los ojos y se quedó escuchando el tema que acababan de grabar. Con el paso de los años había entrenado su oído para percibir cada matiz de una interpretación, y mentalmente ajustó las frecuencias, amplió o recortó ecualización, añadió un toque de reverberación para mejorar el sonido natural.

Pero nada podía arreglar lo que estaba oyendo en su propia voz, prueba de que había llegado demasiado lejos en la parte final de su gira de doce meses.

Confiaba en que tres semanas de descanso permitieran que se le recuperaran las cuerdas vocales, pero su registro se había reducido y seguía estando ronco. La cirugía de las cuerdas vocales que le esperaba al día siguiente era inevitable. Sus maldiciones reverberaron en la sala. Otra cosa más para la que tampoco tenía tiempo.

Desde que había vuelto a Las Vegas después de la gira mundial con su banda, Free Fall, se había visto inundado de trabajo. Menos mal que había podido escribir algo durante los viajes, porque se había quedado sin espacio y sin energía para componer su siguiente álbum, algo que quizás, bien mirado, no fuese tan malo. Teniendo la voz fuera de combate, no iba a poder cantar en breve.

El teléfono sonó y miró la pantalla antes de incorporarse en el sofá. En los últimos tres días había llamado media docena de veces a Trent Caldwell, su socio y amigo. Además de ser socios en el Club T, el más famoso club nocturno de Las Vegas del que él, Trent y Kyle Tailor eran propietarios, Nate y Trent eran socios en su sello discográfico, el Ugly Trout Records de Las Vegas, además de en West Coast Records, la empresa que hacía poco le había comprado a su familia.

Silenció la música que salía de los altavoces y contestó.

—Ya era hora —espetó sin rodeos—. ¿Dónde te habías metido?

—Savannah empieza a rodar la semana que viene, así que me la he llevado a ella y a Dylan a un hotel con spa en Washington —parecía más relajado y feliz que nunca. Haberse comprometido con el amor de su vida obviamente le había sentado bien—. Los dos hemos tenido el teléfono desconectado.

Desde que había reiniciado la relación con la mujer que antes fuera su amante y había descubierto que había sido padre, su amigo era otra persona. Entendía la transformación después de lo que a él le había pasado con Mia. Era fácil ser cínico y desconfiado con esas cosas hasta que te ocurrían a ti.

—Genial.

La envidia le provocó una punzada. No era propio de él desear lo que tuviera otro hombre. Él ya tenía fama y dinero, pero no era esa su motivación principal. A Nate le encantaba lo que hacía, y no le importaba si el fruto de su trabajo era o no un montón de dinero. Era la música lo que le motivaba.

Hasta que había visto a su amigo enamorarse hasta las trancas de Savannah. Entonces la música había dejado de serlo todo.

–He leído tu mensaje sobre la reunión con Ivy Bliss. ¿Es que te has vuelto loco?

–¿A qué te refieres? –preguntó, aunque lo sabía de sobra.

Ivy Bliss había sido actriz de niña y al crecer se había convertido en una princesa del pop con una impresionante voz. Cinco años atrás, había firmado con West Coast Records y habían sacado dos álbumes que no habían ido mal, pero por culpa de la pobre gestión de la marca, la producción no había sido de lo mejor y las fechas se habían retrasado tantas veces que los fans habían acabado perdiendo el interés.

Eso había ocurrido antes de que Trent y Nate tomasen el control del sello de su familia, hacía ahora un mes. Su intención era darle la vuelta al sello discográfico y que el éxito que el nuevo álbum de Ivy Bliss iba a cosechar fuera su punto de inicio.

Pero esa no era la razón por la que Nate se había puesto en contacto con el padre-productor de Ivy para ofrecerle la producción de su nuevo álbum.

–No dejaste de quejarte de ella las ocho semanas que estuvo de gira contigo.

–Ah, eso.

–Ah, eso –lo imitó–. Un segundo –dijo. Se oía el balbuceo de un bebé–. Dylan, papá está hablando por teléfono con el tío Nate. ¿Quieres cantarle la canción nueva?

5

No pudo evitar sentir una punzada en el pecho al oír a Dylan balbucear con su padre una canción. Desde que se había decidido a hacer carrera en la música, toda su energía había ido a parar a componer, actuar y producir. Ahora disfrutaba del dinero que le había reportado todo ello, sin embargo había algo que lo carcomía por dentro.

—Qué bien —lo felicitó cuando terminó la canción.

—No te despistes. Hablemos de Ivy. ¿Por qué quieres producir su nuevo álbum?

Nate suspiró.

—No tengo que recordarte que esa chica tiene talento y está preparada para triunfar. Solo necesita un buen álbum.

—Es una pesadilla con veinticinco años. Eso es lo que es.

—Ya… bueno, no tanto.

Siete años antes, cuando tenía diecisiete y actuaba en un musical de Broadway, Ivy se hizo con el número de teléfono de Nate y durante cuatro meses estuvo enviándole apasionados mensajes de texto y fotos de sí misma en poses insinuantes. En un principio él había contestado educadamente. Luego pasó al silencio. Al final tuvo que ponerse en contacto con su padre y advertirle de que aquello no iba a quedar bien si llegaba a saberse. El contacto cesó.

—Es un poco tonta y está muy mimada —admitió—, pero las superestrellas se vuelven así a veces.

—¿Por qué no le recomiendas que contacte con Savan o Blanco?

Trent conocía perfectamente la reputación de «difícil» que tenía Ivy en los estudios de grabación. No aceptaba sugerencias y las críticas la ponían histérica. Ninguno de los productores que había mencionado Trent querrían volver a trabajar con ella.

–Lo hago por West Coast Records.

Otra mentira. Había otra docena de tíos que podían producirla y sacar un álbum que la llevara a lo más alto de las listas.

–No me lo trago –Trent no había logrado que todas sus uniones profesionales fuesen un éxito siendo tonto–. Un momento… no te habrás colgado con ella, ¿no? ¡Maldita sea! Es de locos, pero mi hermana me dijo que te habías enamorado de alguien en la gira. ¡Jamás se me habría ocurrido pensar que fuera Ivy Bliss!

–Es que no lo es –decidió cambiar de tema antes de que Trent insistiese–. La otra razón por la que te he llamado es porque mañana me operan.

–¿Te operan? ¿Qué te pasa? –se inquietó.

–Lo de los pólipos en las cuerdas vocales –dijo quintándole importancia. La situación era seria, pero no quería preocuparle–. Necesito que me los quiten.

–Suena feo.

–Es una cirugía sin hospitalización. Un par de horas máximo. Solo quería que supieras que voy a estar fuera de juego unos días.

–¿Quieres que te acompañe?

–¿Para qué? ¿Para darme la mano? Venga ya.

–Vale. Pero si necesitas algo, dímelo.

–Lo haré.

Una hora después de colgar, Nate entraba en la sala de conferencias para mantener su reunión con Ivy

Bliss, pero no eran Ivy y su padre quien lo esperaban, sino Mia Navarro, su hermana gemela y asistente personal. El corazón le voló hasta donde estaba e involuntariamente sus pies pretendieron seguirlo, pero se detuvo. ¿Qué narices iba a hacer? ¿Abrazarla contra su pecho? ¿Decirle que aquellas tres últimas semanas habían sido un infierno sin ella? ¿Que deseaba escuchar su voz y que el día sin su sonrisa se volvía gris?

Ella ya había hecho su elección, y el afortunado no había sido él.

—¿Qué tal va todo? —le preguntó, buscando algún rastro que le hubiera dejado el sufrimiento: ojeras, tristeza en la expresión… no parecía alegre, pero intentó disimular el desencanto.

—Estupendamente. Ivy ha aparecido en *The tonight Show* y *Ellen*. También le han pedido que participe en *American Music Awards*, y por supuesto está superentusiasmada por trabajar contigo.

Nate tuvo que controlar su impaciencia. ¡No era posible que volvieran a estar en la casilla de salida! Se había pasado semanas charlando con ella en la gira, temiendo que, si presionaba un poco más de la cuenta, volviera a retirarse al papel de asistente personal de Ivy Bliss. Muchas veces se había preguntado por qué se empeñaba de ese modo en llamar la atención de alguien que quería pasar desapercibido, pero luego ella le sonreía y el día brillaba.

Si lograra convencerla de que dejara a su hermana… tenía mucho más que ofrecer al mundo que el papel de comparsa de Ivy Bliss. Para empezar, tenía un talento tremendo para escribir canciones. Cuando se había enterado de que era ella quien componía todos los temas de su hermana, pero que luego no aparecía en los créditos, había estado a punto de plantarse en la habitación de Ivy y exigirle el debido reconocimiento.

—No me refería a tu hermana con la pregunta, sino a ti.

—Estoy bien. Nunca he estado mejor.

Mia podía pasarse horas hablando de Ivy, pero cuando se trataba de hablar de sí misma, su elocuencia quedaba reducida a dos palabras.

—Dime la verdad.

Le estaba preguntando por su bienestar, pero en realidad lo que quería saber era si lo había echado de menos. Era una locura que se hubieran conocido hacía apenas tres meses y fuera ya para él como el aire para respirar.

—Estoy muy bien. De verdad.

—¿Qué has hecho desde que terminó la gira?

—Lo de siempre —respondió, encogiéndose de hombros.

Es decir, que lo que Ivy hubiera hecho era lo que ella había hecho. Siendo su asistente personal, vivía y respiraba Ivy Bliss, la princesa del pop.

—Espero que hayas tenido algo de tiempo libre.

—Invitaron a Ivy a un evento con fines humanitarios en South Beach, y nos quedamos allí un par de días más para disfrutar de la playa.

Ivy exigía toda la energía y el tiempo de Mia. Que hubieran podido pasar algún tiempo a solas durante las ocho semanas que había durado la gira había sido casi un milagro, pero habían tenido que hacerlo escabulléndose como adolescentes.

Durante un tiempo se preguntó si se había sentido atraído por Mia porque deseaba rescatarla de las garras de su hermana. Cuando estaba con su hermana era como un ratoncito quieto en un rincón, llevándole una infusión, teniendo preparado su aperitivo favorito, relajando su tensión con un suave masaje en los hombros. Y a él le había molestado que Ivy la tratase como si fuera una empleada y no su hermana. Nunca parecía apreciar cómo su comportamiento amable y atento iba más allá del papel de asistente personal.

–No me gusta cómo quedaron las cosas entre nosotros –le dijo al fin, dando un paso hacia ella.

Mia hizo lo mismo, pero hacia atrás.

–Me pediste algo que yo no podía darte.

–Te pedí que vinieras a Las Vegas porque quería tener la posibilidad de conocerte mejor.

–Es que todo estaba ocurriendo demasiado deprisa. Apenas nos conocíamos desde hacía un par de meses –fue la misma excusa que había utilizado hacía tres semanas y le había parecido tan mala entonces como en aquel momento–. Y no puedo dejar sola a Ivy.

–Podría buscarse otro asistente.

También era lo mismo que él había dicho la mañana siguiente a la última actuación. La mañana siguiente a la noche que habían pasado juntos hasta que amaneció.

Su última parada había sido Sídney, y Nate se había asegurado de dejar ocupada a Ivy mientras se escapaba con Mia a una romántica habitación de hotel que miraba a la bahía. Allí habían hecho el amor por primera vez. Pero en cuanto el sol iluminó la habitación, Mia se subió al avión de Ivy, deshaciéndose en excusas por lo mucho que había tardado.

–No soy solo su asistente. Soy su hermana –dijo entonces y repetía en aquel momento–. Me necesita.

«Yo también te necesito».

No iba a repetir esas palabras. No serviría de nada. Seguiría escogiendo la obligación hacia su hermana por encima de ser feliz con él. Y no era capaz de comprender por qué.

–Tu hermana es una niña malcriada –la frustración le estaba ganando la partida–. La única razón por la que he accedido a trabajar con ella en su nuevo álbum es porque estás tú.

Los preciosos ojos color chocolate de Mia se abrieron de par en par y, aunque despegó los labios, no dijo una palabra.

Sonó el teléfono.

–Es Ivy –adivinó, casi aliviada–. Voy a contestar –y puso el manos libres–. Hola, Ivy. Estoy con Nate. Te escuchamos los dos.

Tras una breve pausa, la voz de soprano de Ivy salió del teléfono.

–Hola, Nate. ¿Te ha pedido disculpas Mia porque no he podido asistir a la reunión? Me gustaría que nos tomásemos algo más tarde para charlar del álbum.

Mia no lo miró.

–Aún no.

–Entonces te lo digo yo –respondió, empleando su voz seductora y mimosa–. Por favor, pásate por casa a las ocho.

El significado de la invitación estaba para él claro como el agua.

–Si querías hablar del álbum, deberías haber venido.

No la enfades, le dijo Mia en lenguaje de signos. Durante la gira habían descubierto que los dos lo conocían, y Nate lo había utilizado para que venciera su timidez.

–¿No te ha contado Mia que he tenido un problema de agenda? Es que he tenido que reunirme con un representante de Mayfair Cosmetics. Todavía no hay nada acordado, pero están buscando una cara nueva para su línea de belleza.

¿Puedes quedarte a cenar?, le preguntó Mia en signos, y Nate tuvo que refrenar su temperamento recordándose que había accedido a trabajar con Ivy para poder estar cerca de Mia y convencerla de que lo eligiese a él por encima de su hermana en aquella ocasión.

–Puedo hacer una reserva para cenar –sugirió.

–Perfecto.

–Le pasaré a Mia los detalles y, esta vez, más vale que te presentes.

Y mientras Mia lo miraba horrorizado, Nate apagó la llamada.

–Reservar tiempo en el estudio cuesta dinero. Estoy trabajando con una docena de artistas en este momento, y si Ivy no se va a presentar dispuesta a trabajar, mejor que se busque otro productor.

–¡No, por favor! Cuenta con trabajar contigo –le rogó con ansiedad–. Me aseguraré de que esté donde tenga que estar cuando tú digas.

–¿Lo prometes?

Y le tendió la mano. Quería comprobar si seguía sintiendo lo mismo por ella. Desde el principio le había atraído. Era una mujer natural y competente, mientras que Ivy era artificial e inconstante, pero era la electricidad que circulaba entre ellos cuando se tocaban lo que quería volver a experimentar.

–Prometido –contestó ella, mirándolo con seriedad al tiempo que le estrechaba la mano.

Mia esperaba que no se diera cuenta de que le temblaba la mano. En aquellos maravillosos segundos, su hermana se borró de su pensamiento, dejando solo a aquel hombre alto y carismático con los ojos del color de las nubes de tormenta.

Ella había sido siempre invisible. ¿Quién se iba a fijar en una niña corriente que se escondía detrás de su preciosa y carismática hermana? Esa diferencia entre gemelas se había acrecentado cuando le dieron un papel en una serie de televisión y se fue a Broadway a empezar su carrera musical, de modo que ella había quedado atrapada en la sombra.

Pero entonces había conocido a Nate. Jamás en un millón de años se habría imaginado que un hombre del talento y el carisma de Nate, voz del grupo Free Fall, iba a reparar en su existencia, y mucho menos a sentirse atraído por ella. Era el primero que la veía como una persona independiente de su hermana, con sus propios intereses y objetivos, así que ¿cómo no se iba a enamorar de él? ¿Qué mujer de sangre caliente no lo habría hecho?

Pero la gira se había terminado, llevándose con ella la fantasía en la que había vivido casi dos meses. ¿Cómo alguien con dos Grammys y seis nominaciones en sus treinta y un años de vida podría fijarse en una insignificancia como ella? Solo podía ser una distracción para él, así que no le había quedado más remedio que rechazar su oferta de acompañarle a Las Vegas.

–¿Estás bien? –preguntó él.

Seguían con las manos unidas, y Mia se sonrojó.

–Perdona –dijo, soltándose–. Es que me he quedado pensando en la suerte que tiene Ivy de trabajar contigo.

–Mia, sobre lo que pasó en Sídney…

–No tienes por qué hablar de eso. La gira fue una locura. ¡Qué bien lo pasamos! Nunca lo olvidaré.

–No es eso a lo que me refiero y tú lo sabes.

–Por favor, Nate… –cómo deseaba rendirse a aquella mirada y correr a sus brazos–. Tienes que centrarte en Ivy. Y yo también. Está asustada de esta nueva dirección que está tomando su carrera. Le dije que eras el mejor productor del sector y que contigo llegaría a platino.

–Me importan un comino tu hermana o su álbum. Esto lo hago para poder pasar más tiempo contigo.

Sus palabras la removieron por dentro, pero negó con la cabeza.

–No digas eso. Ivy necesita que este álbum sea especial.

Si su hermana lograba un gran éxito, quizás sus inseguridades dejasen de consumirla y Mia podría empezar a vivir su vida un poco al margen de su exigente hermana.

–¿Cuánto tiempo piensas seguir siendo su criada? ¿No quieres ser libre de una vez para explorar lo que te hace feliz a ti?

–¡Pues claro! Y algún día tendré esa oportunidad.

–Pues por tu bien espero que sea pronto.

La intensidad de su mirada la hizo estremecer.

–Tengo que irme –dijo, aunque fuese lo último

14

que quería hacer–. ¿Me escribes con los detalles de la cena?

–Sí.

Bajaron al vestíbulo. Nate no volvió a tocarla.

–Me alegro de haberte visto –le dijo en voz baja, pero en realidad querría abrazarse a él y decirle lo mucho que lo había echado de menos, aunque solo sirviera para empeorar las cosas entre ellos.

Había hecho ya más de la mitad de los recados que su hermana le había encargado cuando sonó el teléfono. Era Ivy, pero se demoró unos segundos en contestar.

–¡Por fin! ¿Dónde te habías metido? Te he escrito… no sé, seis veces por lo menos –detrás de las bambalinas, la encantadora estrella del pop podía ser una diva exigente–. Me muero por saber lo que te ha dicho Nate sobre que vayamos a trabajar juntos.

–Perdona que no te haya contestado –en realidad estaba tan metida en sus pensamientos que no había oído los avisos–. Es que había mucho tráfico y…

–Si hubiera mucho tráfico, estarías metida en el coche y me habrías oído, pero da igual. Dime qué te ha dicho.

–Pues que va a ser el mejor álbum, pero mira, Ivy, quería…

–¡Ya lo sé! –la interrumpió–. Está por mí.

–¿Qué?

–Nate. Que está por mí.

Había estado a punto de darle por detrás al coche que llevaba delante cuando este frenó en seco.

–¿Nate está por ti? ¿Y eso cuándo ha pasado?

–A diario. ¿Cómo es que no te has dado cuenta?

Incluso antes de ser famosa, Ivy sabía cómo manipular una situación y que Mia recibiera siempre el latigazo.

–Ya. Claro.

–No te lo había contado, pero la última noche de Sídney…

–¿Qué?

–Estuvimos juntos.

No pudo evitar que se le escapara un taco.

–Perdona. Este tráfico es un verdadero asco.

–¿Has oído lo que he dicho?

–¿Que estuviste con él la última noche en Sídney?

No sabía si reír o echarse a llorar. Menos mal que había decidido dejar atrás su relación con Nate. Ahora que Ivy había decidido que le gustaba, percibir el más mínimo atisbo de que a su hermana le interesaba sería desastroso.

–Debería habértelo dicho.

–¿Por qué no lo has hecho? –espetó con una aspereza que no era habitual en ella.

–No tienes por qué ponerte así. Siento no haberte dicho algo antes, pero no estaba segura de si lo nuestro iba a llegar a alguna parte.

–¿Y ahora? –preguntó mientras aparcaba.

–Desde que supe que quería trabajar conmigo en el nuevo álbum, estoy convencida de que esta vez es de verdad –declaró, triunfal–. ¿Cuándo llegarás a casa?

–Estoy en Rodeo Drive por lo que querías devolver. No tardaré más de media hora.

Ivy siempre quería saber lo que estaba haciendo, hasta tal punto que Mia había renunciado a tener secretos, hasta que Nate había aparecido en escena. Que los dos conocieran el lenguaje de signos le había permitido tener algo para sí en lo que Ivy no podía meterse o apropiarse.

En un principio, simplemente había disfrutado de la presencia carismática de Nate. No solo era un genio musical, sino que tenía unos hoyuelos que la dejaban sin habla y un cuerpo alto y atlético que volvía de gelatina sus rodillas.

En un principio no se había tomado su atención en serio, hasta un día en el que ambos coincidieron entre bambalinas mientras Ivy ensayaba. Su hermana había parado el ensayo y le estaba echando la bronca al batería. Nate hizo un gesto que a Mia le hizo sonreír, a lo que él contestó guiñándole un ojo.

Ella le preguntó con signos si sabía lo que ese gesto significaba, y él le había contestado del mismo modo que por supuesto que sí. Ambos tenían un familiar con problemas de audición, y eso propició algo inesperado: había hecho un amigo. Y en las semanas que siguieron, su amistad progresó.

—¿Puedes traerte un café? —preguntó Ivy, interrumpiendo sus pensamientos—. Ya sabes cómo me gusta.

—Claro.

Desde que había conocido a Nate y él se había fijado en ella, no como la asistente de Ivy sino como una mujer deseable, Mia pasaba más tiempo pensando en cómo sería la vida lejos de su hermana. Ahora todo lo que tenía que hacer era encontrar el modo de decirle a su familia que quería seguir su propio camino, y no iba a ser fácil.

—Sé exactamente cómo.

Capítulo Dos

En cuanto Mia salió del estudio, Nate llamó a la hermana de Trent. Melody había estado de gira con él como telonera de los Free Fall. Era también compositora como Mia, y en los doce meses las dos se habían hecho muy amigas.

–¿Le has contado tú a tu hermano que he conocido a alguien en la gira?

–Puede que le haya mencionado que estabas un poco distraído –respondió.

–Pues el problema es que se piensa que es Ivy –le aclaró, frotándose las sienes.

–Vaya. ¿Y por qué crees que lo piensa?

–Porque se me ocurrió decirle que iba a producir su siguiente álbum. Es el único modo que se me ocurrió de poder pasar más tiempo con Mia. Está convencida de que hemos terminado.

–Pues yo creo que es una idea fantástica. Esa chica tiene una voz increíble y necesita un productor. Además, nadie mejor que tú puede plantarle cara a su padre y asegurarse de que su siguiente trabajo sea la pera.

–Me halaga que pienses eso.

El tono de Nate era seco.

–¿Qué tal ha ido la reunión?

–No ha ido. Mia se presentó sin su hermana y sin su padre, que al parecer se habían ido a otra reunión con alguien de Mayfair Cosmetics. Están considerando que sea Ivy su próxima imagen.

–¿Te han plantado? ¿Es que no saben quién eres?

–Parece ser que alguien de quien se puede pasar. Ceno con ellos esta noche, y espero que aparezcan. Voy a estar fuera de juego unas semanas.

–¿Fuera de juego? ¿Qué te pasa?

–Que me van a operar de las cuerdas vocales.

–¿Qué? ¿Pero desde cuándo lo sabes?

–Empecé notando algunos problemas en la gira, pero como faltaba muy poco para terminar, no quise cancelar nada.

En parte porque si cancelaban, tendría menos tiempo para estar con Mia. Su relación se había caldeado bastante en las dos últimas semanas, y no quería perdérselas por nada del mundo.

–Entonces, es serio. ¿Por qué no me lo habías dicho? ¿Lo sabe Trent?

–Se lo he dicho hace un rato.

–¿Te va a acompañar?

–Está fuera de la ciudad. Estaré bien.

–De eso nada. Saco un billete de avión y estaré ahí para acompañarte de vuelta a casa.

–No es necesario. Tú tienes que quedarte en Las Vegas y trabajar en tu álbum. Te he dado una fecha tope, ¿recuerdas?

–Un par de días no son nada.

–Venga ya. Es una cirugía sin hospitalización. En unas horas estará todo hecho.

–¿Por qué tienes que ser siempre tan fuerte? Aceptar ayuda de vez en cuando no te iba a matar –suspiró–. Mira que eres terco…

Después de haberse pasado la infancia yendo de un pueblo a otro, Nate había aprendido a cuidarse solo. A veces su padre se ausentaba durante meses, yendo de un pozo de petróleo a otro. Si el trabajo requería una estancia larga, se los llevaba a él y a su madre, sin preocuparse de que Nate tuviera que encajar en una escuela nueva o que su mujer tuviera que aceptar cualquier clase de trabajo para poder llegar a fin de mes.

—Podría decir lo mismo de ti —Nate solo sabía un modo de despistar a Melody, y era preguntarle por su novio. La relación entre ellos se había deteriorado un poco con la separación durante la gira—. ¿Cómo van las cosas entre Kyle y tú? ¿Habéis hablado ya?

—¿Sabes que Trent ha contratado a Hunter como DJ para el Club T dos veces al mes?

—Algo me dijo. Le dije que no era buena idea.

Hunter Graves era su antiguo novio. Meses atrás, Melody y él se habían encontrado en un club de Nueva York, y cuando salían de allí, para ayudarla a pasar entre el montón de gente que se arremolinaba en la puerta, Hunter le había dado la mano y los paparazzi habían hecho varias fotos que luego habían lanzado como una reconciliación.

Kyle no creía que Melody lo estuviera engañando, pero desde luego no le había hecho gracia ver a la mujer que amaba de la mano de su ex. Y los meses de separación habían hecho el resto.

Melody suspiró.

—Kyle y yo nos hemos escrito, pero aún no nos hemos sentado a hablar.

—¿Y no crees que deberías hacerlo pronto?

—Es que… puede que tengas razón, pero no puedo

dejar de pensar que va a usar lo que ha pasado entre nosotros desde lo de la foto para deducir que no debemos seguir juntos.

–Ya verás como no. Y menos aún cuando sepa lo que está pasando.

Melody tardó un instante en preguntar.

–¿A qué te refieres?

–De gira es muy difícil tener secretos.

–Tú y Mia lo habéis hecho.

–Porque solo teníamos que ocultárselo a Ivy, y en general está tan preocupada por sí misma que no se entera de lo que pasa a su alrededor. ¿Cuándo le vas a decir que va a ser padre?

–Maldita sea… ¿quién más lo sabe?

–Dan y Mike comentaron que parecías un poco pachucha, y que sus mujeres habían estado así cuando se quedaron embarazadas.

–¿Y por qué te lo dijeron a ti?

–Porque eres como mi hermana pequeña, y yo les había dejado bien claro que quien se metiera contigo se iba a llevar una patada en el culo de mi parte.

Melody respiró hondo.

–Sé cuidarme sola.

–¡Qué mona! –se burló–. Pero sabes que no es así. Eres demasiado dulce y la gente se aprovecha de eso.

Lo mismo podía decirse de Mia. Y de su propia madre. Era como si siempre despertase su interés la misma clase de mujer. No es que buscase deliberadamente a las que estaban más necesitadas de protección, pero tendía a gravitar hacia las que tenían más dificultades.

–Y tú no dejas que nadie se preocupe de ti –espetó–. Mira lo de mañana, por ejemplo.

–Vale. Ya nos hemos metido el dedo en el ojo lo suficiente –se rio–. Te escribo mañana después de la operación y te cuento cómo me ha ido, ¿vale?

–Te digo en serio lo de ir a L.A.

–Y yo te lo agradezco, pero prefiero que te ocupes de lo que tienes entre manos allí –hizo una pausa–. Habla con Kyle. Se va a subir por las paredes de alegría.

–Vale. Buena suerte mañana.

–Gracias.

Poco antes de las ocho, Nate salía del ascensor en el piso veinticuatro del Ritz-Carlton, donde estaba el restaurante asiático en el que había reservado, pensando que a Mia le iba a encantar la vista de la ciudad de Los Ángeles y el suflé de moras con helado de lima. Había hablado con su madre antes de salir para contarle lo de la operación y decirle que iba a estar unos días sin poder hablar.

Ni Mia ni su familia habían llegado aún, algo que ya se esperaba, pero lo que no se imaginaba era que Mia no iba a acompañarlos.

Se levantó de la mesa al ver a Ivy acercarse. Llevaba un vestido color esmeralda sin tirantes que se le ceñía al cuerpo y realzaba las briznas doradas de sus ojos castaños, acompañado por unos altísimo tacones.

–¡Nate! –exclamó entusiasmada, como si fueran los mejores amigos–. Qué ganas tenía de verte.

No se habían llevado particularmente bien en la gira. Lo exigía todo de todos, desde los encargados del equipo al director de la gira, y algunas de sus peticiones eran ridículas.

22

–Hola, Ivy. Buenas noches, Javier –le estrechó la mano–. He hecho reserva para cuatro. ¿Mia va a venir?

Ivy se sentó a su lado.

–Quería venir, pero ¿para qué?

Esa clase de actitud era la que le ponía enfermo. Todo en aquella cría malcriada y narcisista le hacía desear pasarle el proyecto a cualquier otro productor, pero su único objetivo al trabajar con Ivy era pasar tiempo con Mia.

–Pues porque yo la había invitado.

–Creía que el propósito de este encuentro era hablar del álbum de Ivy –dijo Javier, poniéndose del lado de su hija–. La presencia de Mia era innecesaria.

–Claro.

Tener que claudicar era muy doloroso. Se imaginaba bien cómo habría sido la conversación para impedir que Mia acudiese a la cena, otro desaire de las personas que deberían pretender lo mejor para ella.

El camarero se acercó antes de que pudiese decir algo más. Ivy pidió champán y Javier un gin tonic.

–He oído que se come bien aquí –comentó el padre.

–Si te gusta la comida asiática –objetó Ivy.

Fuera cual fuese el restaurante elegido, ella siempre le habría encontrado alguna pega.

Sin Mia, no tenía ganas de alargar la comida, de modo que, en cuanto pidieron, fue directo al grano.

–Tengo algunas ideas para el nuevo álbum.

–Quiero ir en una dirección completamente diferente –intervino ella, antes de oír lo que tenía que decir–. Esta vez no voy a escribir yo. Me gustaría grabar algunos temas de Melody Caldwell. Durante le gira he oídos algunos y creo que estaría bien.

Aunque Nate estaba de acuerdo, era un golpe duro que Ivy no quisiera grabar las canciones de su hermana. Pocos sabían que Ivy no escribía su propia música, pero se atribuía el mérito y Mia le dejaba hacer. ¿Lo sabría ya? ¿Sería aquello el catalizador que animase a Mia a cortar los lazos con su hermana y seguir sola?

—Puedo hablar con Melody y ver si estaría dispuesta a trabajar contigo.

—¿Por qué no iba a estarlo? —inquirió Javier—. Que Ivy Bliss grabe sus temas sería un buen paso en su carrera.

—Melody está trabajando ahora mismo en un álbum en solitario. Aún no ha definido qué temas va a grabar, y no puedo deciros qué tendrá disponible hasta que eso ocurra.

—Estoy interesada en varios temas. Le pediré a Mia que le envíe una lista mañana por la mañana. Estoy segura de que Melody comprenderá que puedo hacerles justicia.

—Quizás podríais colaborar en algo nuevo —sugirió, con la idea de incomodarla—. He trabajado con ella y creo que podríais disfrutar de la colaboración.

Si Melody supiera lo que acababa de decir, lo mataba. Nadie podía disfrutar de trabajar con Ivy Bliss.

—Mi hija va a estar demasiado ocupada para escribir este año. Acaba de firmar un contrato con Mayfair Cosmetics para ser su imagen, y tendrá que aparecer mucho en eventos a partir del mes que viene. Nos gustaría grabar lo antes posible.

¿Esperaban que lo dejase todo por ellos? No le sorprendía nada esa actitud, y desde luego no se iba a dejar presionar.

–Me temo no. ¿Qué tal a principios de año?

–Ivy va a rodar una película en enero.

Una vez más tuvo que recordarse que la razón por la que había accedido a producir su álbum era para estar más cerca de Mia, y entonces se le ocurrió algo.

–Podríamos hacer una cosa –sonrió–. Necesitaré reorganizar mi agenda de trabajo y me vendría muy bien la ayuda de Mia.

–¿De Mia? –se sorprendió Ivy–. ¿Para qué?

–Sabe hablar el lenguaje de signos, ¿verdad? Me vendría bien como traductora.

Javier frunció el ceño.

–¿Traductora?

–Me van a operar de las cuerdas vocales, y no voy a poder hablar al menos durante tres semanas. Podría hablar con ella en lenguaje de signos y ella traduciría.

–¿No podrías buscar a otra persona? ¿Un intérprete profesional? –sugirió Ivy.

–Mia conoce la industria de la música y entenderá lo que tenga que decir.

–Papá…

El desencanto de Ivy era palpable.

–No creo que tengáis problemas en prescindir de ella durante un mes, si eso significa que el álbum se podría grabar –se dirigió al padre.

Javier miró a su hija.

–Eh… bueno. Por supuesto. Si es lo que hace falta.

Nate asintió satisfecho.

–Lo es.

***

Mia estaba sentada junto a la ventana del dormitorio que ocupaba en casa de Ivy mirando el jardín. Una hora antes había visto el Mercedes de su padre salir del jardín y aún no podía creerse que la hubieran obligado a quedarse.

Aunque se sentía atrapada en su responsabilidad hacia Ivy, sabía que su hermana cargaba con otra aún mayor: las expectativas de sus padres. No recordaba un solo momento de su vida en que Ivy no cantase. De hecho, había sido su primer contrato con un programa del canal infantil Kidz Channel lo que les había permitido salir de su modesta casa de San Diego en la que ellas dos compartían habitación con su hermana mayor, Eva.

Cada paso en su carrera era un paso para la familia. Su padre había abandonado su trabajo en Correos para dedicarse por completo a la carrera de su hija.

Lo cual la llevaba de nuevo a lo ocurrido aquella noche, y a lo ocurrido también en la reunión con Mayfair Cosmetics. No la habían convocado a ninguna de las dos. ¿Habría elegido Nate aquel restaurante por ella? Recordaba haberle comentado lo mucho que le gustaría conocerlo.

El estómago le rugió. Se preparó una ensalada con una pechuga de pollo y salsa barbacoa, y con todo dispuesto en una bandeja salió hacia la sala de televisión por ver si se relajaba un poco y dejaba de pensar en el restaurante. Lástima que las patatas fritas le engordasen con tan solo pensar en ellas. Sin embargo, a Nate le habían gustado sus pechos generosos, su cintura estrecha y sus caderas redondeadas.

Eva y ella se parecían a su madre, con el cabello y los ojos oscuros, la piel clara y el cuerpo de formas redondeadas. Ivy se parecía más a su padre, alta y esbelta, pero tenía los ojos azules de su madre, su encanto y sus facultades para cantar. Sharon Bliss había sido cantante de ópera, pero había renunciado encantada a su carrera para hacer las tareas de esposa y madre.

Apenas se había sentado cuando sonó el teléfono, y sonrió al ver que se trataba de Melody.

–Hace siglos que no hablamos. ¿Cómo estás? –la saludó.

–Genial. Trabajando en mi álbum.

–¿Cuántas canciones llevas?

Melody era una prolífica compositora de voz intensa y poco aficionada a estar bajo los focos. Las dos se habían hecho buenas amigas durante la gira. De hecho, no se había dado cuenta de lo mucho que echaba de menos tener una amiga hasta que apareció ella.

–No sabría decirte. Unas cincuenta. No todas son buenas, pero muchas de mis favoritas son las que tienen más defectos. ¿Cómo voy a elegir?

–Te entiendo perfectamente. Algunas de mis mejores cosas nunca verán la luz.

Hasta que se inició la gira, nadie aparte de su familia sabía que ella y no Ivy era la autora de las canciones que cantaba Ivy Bliss. Entonces conoció a Nate y a Melody, y ellos descubrieron su secreto. O también podía ser que ella no se hubiera esforzado demasiado por ocultarlo. Siendo ambos compositores de gran talento, no se había podido resistir al deseo de hablar con ellos sobre el proceso de creación.

Para preservar la ilusión de que Ivy escribía su propia música, ella siempre se cuidaba de trabajar cuando no había nadie alrededor, pero a veces se le metía en la cabeza una melodía y no podía evitar tararearla. Por eso iba siempre a cuestas con un cuaderno, que llenaba con notas e ideas, y que tenía que reemplazar cada seis meses.

–Nate podría ayudarte con eso. Seguro que estaría encantado de trabajar contigo en algunas demos que podrías mostrar por ahí. Nunca se sabe qué puede acabar gustando.

–La verdad es que ya me lo ha ofrecido.

–¿Y a qué esperas?

Mia no le había contado a nadie la verdadera razón por la que seguía al lado de su hermana a pesar de que la tratasen como si fuera una contratada en lugar de parte de la familia. La historia no le pertenecía, y seguro que a sus padres no les haría gracia que se supiera, porque estaba segura de que tanto a Nate como a Melody podía confiarles cualquier otro secreto.

–A nada. Lo que pasa es que apenas he tenido tiempo de escribir, así que mucho menos de crear demos.

Pero ahora, estando Ivy dedicada a su nuevo álbum en los estudios de Nate en Las Vegas, quizás tendría tiempo para hacer algo para sí misma para variar.

–Hablando de Nate, ¿sabes que lo operan mañana de las cuerdas vocales?

–No sabía nada –el corazón le dio un vuelco–. Sabía que durante la gira no andaba bien, y que decidió seguir para no cancelar ningún concierto, pero no hemos hablado mucho desde entonces.

Nate le había dejado muy claro que quería seguir adelante con su relación, y a pesar de que lo suyo había sido maravilloso, sabía que no podía pasar mucho tiempo antes de que sus caminos se separaran. Él quería que lo escogiera por encima de Ivy, y ella no podía dejar a su hermana.

–Estoy preocupada por él. Ha contratado un coche para que lo lleve y lo traiga de la clínica, pero no tiene a nadie que se quede con él en el hotel después de la cirugía. He pensado que, a lo mejor, dado que tú estas en L.A., podrías acercarte.

–Por supuesto.

Era algo que haría por cualquier amigo. ¿Por qué no se lo habría dicho al verse? ¿Qué podía decirle a su hermana para no mencionar que iba a cuidar a Nate? Que necesitaba unos días para descansar. Ella nunca se tomaba vacaciones como las personas normales. Siempre que estaba con Ivy estaba trabajando. Aun si se iban de vacaciones al Caribe o a alguna playa de Europa, no podía irse de fiesta o beber y levantarse tarde.

–¿Sabes en qué clínica lo operan, y a qué hora es?

–No. Supongo que estará con el doctor Hanson. Es el mejor cirujano de cuerdas vocales de L.A. Me dijo que la cita era a primera hora de la mañana.

–¿Y dónde se hospedará?

–Suele usar el Four Seasons de Beverly Hills. Está cerca de las oficinas de West Coast Records.

–Lo sé. Ivy vivió allí mientras hacían obras en su casa.

–Una cosa más: no le digas a Nate que vas a ir. Sabes que detesta que lo ayuden.

–No te preocupes, que no lo sabrá.

–Eres un cielo. Estaba muy preocupara porque fuera a estar solo.

–No te preocupes más, yo cuidaré bien de él.

–Lo sé.

Capítulo Tres

La mañana de la operación, los pensamientos de Nate parecían haberse subido a la rueda de un hámster. Es decir, que no lo llevaban a ninguna parte. Aunque había reclamado la ayuda de Mia, aún no le había dicho a ella que quería que fuese su voz durante tres o cuatro semanas.

No es que no pudiera contratar a un intérprete, o que el estudio contase con él, es que no quería que Mia volviese a rechazarlo.

Las puertas del ascensor se abrieron y entró. Había una pareja joven dentro, con un bebé en su sillita, y casi sin querer, sus pensamientos volvieron a Mia.

Estando en la gira, se había planteado por primera vez cómo sería tener una familia. Su vida con los Free Fall había transcurrido en la carretera, y uno no andaba arrastrando mujer e hijos de un lado para el otro del país.

Entonces conoció a Mia. Ella estaba acostumbrada a pasar meses de gira y lejos de casa, y no le había costado trabajo imaginar que los tres pudieran viajar juntos. Había sido una fantasía maravillosa.

Al llegar al vestíbulo la pareja salió y su humor, ya maltratado por la ansiedad que le provocaba la cirugía, empeoró. Demonios… estaba cansado de tanta soledad.

De pronto todos los músculos del cuerpo empezaron a dolerle. No había vuelto a sentir la garra de la depresión desde hacía diez años. Entonces la combatió con pastillas, bebida y sexo. Nada de todo eso le había ayudado, pero al menos durante un tiempo había sido capaz de olvidar.

Mierda. ¿Por qué le costaba tanto aceptar la ayuda de los demás? Pues por vergüenza. Admitir que no había sido lo bastante fuerte como para proteger a su madre cuando era niño, o para deshacerse de su adicción a las drogas ya de joven, lo había empeorado todo. Si hubiera pedido ayuda quizás su madre no habría estado a punto de morir por una paliza que le propinó su padre, y él no habría terminado quemando los puentes en el negocio de la música.

Pero entonces ocurrió algo increíble. Una morena se levantó de una silla que había cerca de la puerta y se dirigió hacia él. La aparición era tan inesperada que se frotó los ojos por ver si era una alucinación. Desde luego, si lo era, era el fragmento más hermoso, maravilloso y perfecto que había creado su imaginación.

—¿Mia?

—¡Por fin! —exclamó—. Empezaba a temer que te hubieras ido sin mí. ¿Qué tal? —las puertas del vestíbulo se abrieron y echaron a andar—. ¿Estás nervioso?

—¿Qué haces tú aquí?

—He venido a cuidarte. ¿Se puede saber por qué no me habías dicho que te operaban?

—¿Cómo lo has sabido?

—Me lo ha contado Melody. Dice que no tenías a nadie que te echara una mano después de la operación y que estaba preocupada –explicó, mirándole acusadora–. Y yo también.

–No va a pasar absolutamente nada.

–Los médicos no te van a dar el alta después de una anestesia si no hay un adulto responsable que te vigile, así que voy a quedarme sentada en la sala de espera mientras te operan y luego te traeré aquí, te meteré en la cama y te vigilaré.

Todo aquello sonaba a música celestial. Sus mimos acelerarían su recuperación.

–No tienes por qué esperar –le dijo cuando se habían acomodado ya en el asiento trasero del coche–. La operación puede durar unas seis horas.

–Me quedo –respondió con un tono que no admitía discusión–. Me he traído lectura.

–Gracias.

Una palabra tan simple no transmitía todo lo que estaban sintiendo, pero ella sonrió como si lo entendiera.

Cuando se despertó en reanimación, su nombre fue lo primero que se le vino a la cabeza, y mientras flotaba en una especie de limbo postoperatorio, se sintió feliz de que lo estuviera esperando fuera para llevarlo al hotel. Tres días después, le había dicho la enfermera, tendría que volver a que le hiciesen una revisión, y había insistido en lo que los médicos y todas las enfermeras ya le habían dicho antes: que ni una palabra durante dos o tres semanas y que bebiera mucho líquido. Y aunque no tenía por costumbre hacer caso de los consejos, aquel iba a seguirlo a rajatabla. No podía imaginarse lo que sería perder la capacidad de cantar. Aunque pudiese componer y producir, la energía con que se cargaba cuando se subía al escenario de un estadio abarrotado era incomparable.

Desde la sala de reanimación lo trasladaron a la de espera, donde Mia aguardaba. Le dio un vaso de agua, que pasó por la garganta sin molestarle demasiado, lo cual le dio buenas vibraciones.

–¿Estás bien? –le preguntó–. Cuando quieras, nos vamos al coche.

Él asintió.

El viaje al hotel pasó como en una nebulosa. Ya delante de la puerta de su habitación, manipuló con torpeza la tarjeta que la abría, y Mia se la quitó de la mano para hacerlo ella. Nate dio un paso atrás y la cabeza comenzó a darle vueltas. Menos mal que pudo agarrarse al marco de la puerta, y que Mia estaba atenta y lo sujetó por la cintura.

–Te tengo –dijo, pero no se sentía tan tranquila como aparentaba estarlo, porque los ojos se le veían enormes en la cara blanca.

–Estoy bien, de verdad –le respondió con signos–. ¿Y tú?

Ella sonrió.

–Estaré mejor en cuanto te haya metido en la cama.

–Ya sabía yo que lo estabas deseando –bromeó–. Significa mucho para mí que estés aquí.

Hubiera querido preguntarle cuánto tiempo se podía quedar, pero pensó que la respuesta igual no le hacía feliz. Mejor disfrutar de su compañía y del tiempo que pudiera pasar con ella.

–Siento que lo nuestro no saliera bien…

Nate impidió que siguiera hablando, poniéndole un dedo en los labios.

No quería hablar del fracaso de su relación o de que había sido incapaz de escapar de la exigencia de su hermana. Cuánto deseaba abrazarla, pero por el momento tendría que contentarse con estar sentado en el sofá y que ella se acurrucara a su lado.

–Ven –le dijo, tocando el cojín que tenía al lado.

–Deberías irte a la cama.

–No estoy cansado.

–Bueno, pues por lo menos, túmbate.

Nate obedeció y se tumbó boca arriba poniendo la cabeza en sus piernas. Mia le acarició el pelo. Demonios, cuánto la había echado de menos. Cada caricia y cada beso de aquella última noche en Sídney. La desbocada necesidad con que se habían unido aquella primera vez. El dolor en el pecho cuando el sol apareció en el horizonte con aquella diosa en los brazos, que se desvaneció ante sus ojos cuando el astro se encaramó al cielo.

Se había jurado que la tendría, que haría lo que fuera necesario para hacerla feliz. Pero ella no quiso saber nada de eso, ni de él. No entendía lo que significaba ser egoísta. Exigir su propia felicidad. Su familia había hecho de ella una persona que anteponía las necesidades de todos los demás a la suya.

Cerró los ojos y disfrutó del silencio. Con ella había llegado a apreciar esa calma, pero en aquel momento sintió que el sueño le vencía, y se resistió. Había aprendido durante las largas semanas de la gira a saborear cada minuto con Mia, porque sus encuentros se veían interrumpidos muchas veces, pero con la operación su cuerpo le pedía descansar.

Cuando volvió a despertarse, la habitación estaba en penumbra, pero él seguía con la cabeza en el regazo de Mia. Se frotó la cara y se incorporó.

–¿Qué hora es?

–Las seis. ¿Cómo te sientes?

–Dolorido.

–Te traigo un vaso de agua.

Se levantó y fue a la minicocina, que consistía en una pequeña nevera oculta tras un panel blanco.

–¿Quieres comer algo? –le preguntó al volver con la botella de agua en la mano.

Nate negó con la cabeza. Aunque para apaciguar el dolor de la operación requería medicación, no le gustaba cómo se sentía cuando tomaba alguna droga. Al principio de su carrera se había dejado atrapar por los altibajos de los escenarios y salía de fiesta con desenfreno, de modo que confiaba en el alcohol y las pastillas para animarse y para relajarse. Y por supuesto, estaban las chicas. Eran implacables. Firmaba culos y tetas. Se llevaba dos a la cama y se despertaba con una tercera. Y todo eso ocurría antes de que Free Fall tuviera su primer gran éxito.

Hasta que una mañana se despertó con la cabeza aturdida y una extraña sensación en el estómago que no tenía nada que ver con lo que hubiera consumido la noche anterior. Entonces vio la huella de un puño estampada en la pared de la habitación del hotel y un calificativo muy expresivo escrito con carmín en el espejo del baño. Recordaba haber estado enfadado, aunque no la razón, pero estaba claro que aquel puñetazo había sido fruto de la ira. Igual que hacía su padre.

No logró localizar a la chica que se había ido con él

la noche anterior. Era simplemente una de tantas fans anónimas a las que les gustaba salir de fiesta después de los conciertos. Tenía veintitrés años y aquel despertar le cambió la vida. Se tomó un tiempo alejado de la banda y volvió a su casa de Las Vegas, donde se pasó doce meses componiendo.

No había sido fácil. Durante los dos primeros meses, ni la música ni las palabras fluían, y la necesidad de perderse en el alcohol y las drogas era constante, ya que en ese estado era como había escrito siempre hasta la fecha. Por entonces su madre vivía aún en Las Vegas, y estar cerca de ella fue lo que impidió que cayera pendiente abajo. Solo tenía que cuidar de ella para recordar cómo su padre la había acosado primero con los puños y al final con un cuchillo.

Por fin la música comenzó a llegar con más facilidad. Las palabras tardaron un poco más. Lo que quería expresar provenía del dolor, del aislamiento y de su sensación de fracaso, lugares que no eran fáciles de visitar. Nunca había llegado a perdonar al muchacho que fue y que tuvo demasiado miedo como para defender a su madre. Aunque una parte de sí le decía que era ridículo pretender que un crío se enfrentase a un adulto borracho y pendenciero, también sabía que algo podría haber hecho.

Como contarlo. A su profe, o a un policía. A alguien que pudiera ayudar. Su madre no había aprendido a leer los labios y le costaba mucho comunicarse, y él fue su voz desde que pudo hablar, pero cuando llegó el momento de la verdad, no había hablado por ella.

—¿Tienes hambre? —preguntó Mía—. Puedo calentarte un poco de sopa. Te he traído uno de mis famosos caldos, y también té Throat Coat con miel.

Nate la miró sonriendo. Si así era como uno se sentía bajo los cuidados de Mia, no era de extrañar que Ivy la tuviese amarrada. Era maravilloso tener a una persona centrada en satisfacer todas tus necesidades.

«Podría acostumbrarme a tenerte cerca de continuo», pensó, pero lo que dijo con signos fue «tengo hambre».

No se había dado cuenta de lo vacío que tenía el estómago hasta que ella lo mencionó, y la idea de poder comer algo que ella hubiera preparado con sus propias manos le hizo sonreír.

–¿Qué? –preguntó ella, viendo su expresión.

–Pues que no me puedo creer que estés aquí.

–Pues no te acostumbres mucho –bromeó, de camino a la nevera–. Solo vas a poder tenerme tres días.

Sacó un envase de plástico y puso la sopa en un cuenco. La habitación disponía solo de un mínimo de menaje –un cafetera, tazas, un microondas y una pequeña nevera–, pero ella se las había arreglado para presentarle una bandeja perfectamente dispuesta con cubiertos, una servilleta de hilo e incluso un jarroncito con una flor.

–¿Todo esto es para mí?

–Come lo que puedas. Y hay helado de vainilla y caramelo de postre si te apetece.

En lugar de sentarse a su lado en el sofá, se acomodó en una silla para observarlo como un halcón.

–¿Está buena? ¿No ha quedado muy sosa?

–Deliciosa.

–Mañana ya podrás tomar líquidos algo más espesos y dieta blanda. ¿Te gusta la crema de coliflor o la sopa de brécol? –en una ocasión le había dicho que no le gustaban las verduras en puré. ¿Se estaría aprove-chando de su situación? –¿Macarrones con queso?

–Mejor. Significa mucho para mí que estés aquí –añadió.

Dobló las piernas y se rodeó las rodillas con los brazos. No tenía ni idea de lo mucho que significaban sus palabras para ella. Y no tanto sus palabras como la expresión de sus ojos. En las semanas que habían pa-sado separados, no recordaba haberse sentido tan sola.

–Prometimos estar el uno para el otro –le recordó, orgullosa al notar que la voz no le temblaba. Nate no se podía imaginar lo difícil que estaba siendo no correr a sus brazos y confesar lo mal que lo había pasado sin él–. ¿Qué clase de amiga sería si te dejara pasar por esto solo?

Sabía que Nate podía percibir toda clase de matices en la voz de una cantante: entonación, emoción y ten-sión. Y podía hacer lo mismo con ella. Durante la gira había acabado siendo evidente que, para él, era como un libro abierto. De haberse tratado de otro hombre, le habría preocupado que fuera una treta para llevársela a la cama, pero Nate volaba recto como una flecha. Na-die en la industria de la música tenía acerca de él otra cosa que no fueran comentarios halagadores, personal y profesionalmente.

–Lo prometimos, lo cual me recuerda algo de lo que hablé ayer con tu padre. ¿Qué te parecería trabajar sien-do mi traductora el mes que tarde en recuperar la voz?

¿Que cómo se sentiría? Encantada. Honrada. Un poco asustada. Si pasaba mucho tiempo con él, termi-naría escapándosele que estaba enamorada de él hasta las trancas.

–¿Has hablado con mi padre de esto?

–Quería asegurarme de que no pudieras utilizar a tu hermana como excusa para decirme que no.

Mia hizo una mueca.

–¿Y Ivy y mi padre estuvieron de acuerdo?

–A tu hermana no le hizo demasiada gracia, pero entiende que si quiero trabajar en su álbum y tenerlo listo en un tiempo determinado que encaje con su agenda voy a necesitar a alguien con habilidades especiales.

Era un acuerdo aparentemente perfecto. Ivy iba a tener grabado su álbum. Ella podría al mismo tiempo echarle un ojo a su hermana y pasar horas y horas con Nate. Un mes. No es que fuera mucho, pero más de lo que esperaba poder compartir con él después de separarse en Sídney.

–¿Cuándo empezamos?

–Vuelvo a Las vegas el martes para la revisión.

–No he podido preguntarte qué tal fue la cena con mi padre y Ivy.

–¿Sabías que tu hermana quiere grabar algunos temas de Melody?

–No –Ivy se había comportado de un modo extraño desde que había acabado la gira. Estaba más exigente que nunca. Y ahora, aquello–. Supongo que no debería sorprenderme. Melody tiene mucho talento y Ivy quiere trabajar con los mejores.

–He intentado hacerla cambiar de opinión. Lo que compusiste durante la gira era fantástico.

–Creo que piensa que mis canciones son lo que la impiden ascender al siguiente nivel. ¿Y si tiene razón? –preguntó, tirando de un botón de su blusa–. A lo mejor probando algo nuevo llega al estrellato que tanto ansía.

–¿Y qué pasa contigo?

–¿Qué pasa conmigo?

–¿Estás preparada para que tu carrera suba al siguiente nivel?

–Creo que no hay un nivel superior de asistente personal.

Mia lo miró sonriendo. La verdad es que su pregunta tenía mérito.

¿Qué quería estar haciendo dentro de diez años? La idea de seguir ocupándose de todos los caprichos de su hermana le puso el estómago patas arriba. Probablemente su padre no querría seguir siendo su representante siempre, y quizás ella pudiera ocupar ese lugar. ¿Le gustaría? En realidad, lo que siempre le había gustado era componer.

–Yo me refería más al hecho de componer.

–No es un modo fácil de ganarse la vida.

–Tendrías que combinarlo con algo más. Con producir, por ejemplo.

–¿Sabes cuántas mujeres productoras hay en la industria?

Nate negó con la cabeza.

–Ni tú, ni nadie, porque el número es tan reducido que nadie se molesta a actualizarlo. Ronda el cinco por ciento.

–¿Cómo lo sabes?

–Cuando 1989 ganó el Grammy al mejor álbum del año, Taylor Swift dijo en su discurso de agradecimiento del premio que las mujeres debemos empoderarnos y atribuirnos el mérito de nuestros propios logros.

Mia estaba viendo la ceremonia sola en casa de Ivy, y sintió cómo se le encogía el corazón al pensar que no había luchado porque los créditos fueran suyos en los álbumes de su hermana.

–Después la criticaron porque en sus trabajos colaboran muy pocas mujeres. Diecinueve personas, sin contarla a ella, habían trabajado en 1989. Y solo dos eran mujeres. Un once por ciento del equipo de producción eran mujeres, el doble del porcentaje de mujeres en la industria.

–Las mujeres no están representadas al nivel que deberían. ¿Qué te parecería cambiar eso? ¿Quieres hacerlo?

–No voy a mentirte diciendo que nunca se me había ocurrido pensarlo. Llevo creando desde que Ivy grabó su primer álbum. Sé lo que habría hecho para mejorar cada canción, y aunque he estado presente en todas las sesiones de grabación de Ivy, lo que sé de la parte técnica lo he aprendido de observar a otros.

–¿Eso es un sí o un no?

–Es un sí como una casa a pasarme semanas sentada a tu lado aprendiendo lo que hace de ti un productor genial. Pero aparte de eso, no te puedo decir qué va a pasar.

Nate asintió satisfecho y no intentó presionarla.

–¿Cómo tienes la garganta? –preguntó, apartando la bandeja para llevarle un helado.

–Estupendamente.

Pero su expresión le contradecía.

–¿Dónde tienes los calmantes?

–No quiero tomarlos.

–Pues voy a traerte un vaso de agua. Todos los artículos que he leído dicen que es muy importante hidratarse.

Le llenó una botella y él le dio las gracias con un gesto de la mano, y Mia sintió que los ojos se le llenaban de lágrimas. Condenado hombre, que con un simple «gracias» la volvía de un sentimental que era insoportable.

A pesar de la siesta que se había echado antes, Nate parecía cansado, de modo que después de ver un rato juntos la televisión, lo animó a irse a dormir, pero él tomó su mano y, antes de que se pudiera imaginar qué quería, la besó en la palma.

–¿Te quedas? –le preguntó con una sonrisa esperanzada.

Sus ojos grises le estaban alterando el pulso. Había ido preparada para quedarse a pasar la noche, pero no quería imponerle su presencia.

–Si tú quieres…

Nate le rodeó la cintura y la apretó contra su cuerpo, pero ella interpuso una mano apoyándola en su pecho.

–En el sofá –aclaró, riendo.

Él negó y ladeó la cabeza para ponerse la mano en la mejilla, signo que quería decir «cama». Sentía cosquillas en los pies al imaginarse junto a él en la cama, oyéndole respirar mientras dormía, atormentada por tener su cuerpo firme a centímetros de distancia. Si compartían la cama, no iba a poder pegar ojo en toda la noche.

Cada vez que cerrara los ojos, recordaría la noche de Sídney. Besos robados en cualquier parte durante las primeras etapas de su romance secreto había sido muy excitante, pero nada la había preparado para la intensidad de las sensaciones que había despertado su boca en sus pechos, o cómo lo había sentido temblar con sus caricias.

El recuerdo de aquella vez que hicieron el amor no se había vuelto borroso en ninguno de sus detalles. Tampoco lo que sentía por él se había amortiguado. El mes y medio que había transcurrido lo había dedicado a lanzarse a cualquier cosa que pudiera apartarlo de su pensamiento, aunque fuera solo la fracción de un segundo. Permanecer cerca de su hermana se lo había puesto fácil. Y por las noches escribía canciones desgarradoras de amor y pérdida que deberían aparecer en un álbum de música country, completamente distinto al pop de Yvy Bliss.

—Vete a la cama. Yo también me acostaré en cuanto hable con Melody para contarle que estás bien. Ya le envié antes un mensaje mientras dormías, pero quiere más detalles.

Nate la besó en la cabeza.

—No tardes.

—Eres un tirano.

—Esto no es nada. Espera a verme en el control de sonido.

Mia llamó a Melody para ponerla al día y le contó que iba a trabajar como traductora de Nate durante más o menos un mes para que pudiera seguir con su calendario.

—Me parece una idea estupenda. Sé que Nate conoce el lenguaje de signos porque su madre era sorda. ¿Cómo lo aprendiste tú?

–Mi hermana mayor perdió la audición cuando tenía dos años.

Su madre y ella lo aprendieron con fluidez, pero Ivy y su padre no pasaron de lo más básico.

–No me has hablado mucho de ella. ¿Vive en California?

–En Chicago. Es psiquiatra, y muchos de sus pacientes tiene problemas de oído.

Hablar de Eva la ponía triste. Estando tan lejos y las dos tan ocupadas, apenas se veían.

–¿Cómo se enteró Nate de que conocías el lenguaje de signos? –pero antes de que pudiera contestar, Melody adivinó–: Así os comunicabais cuando Ivy estaba delante, ¿eh?

Mia se sonrojó.

–A veces.

–Nunca he entendido por qué Nate y tú os empeñabais en mantener tan en secreto vuestra relación.

–Es que… las cosas son un tanto complicadas con mi hermana.

–Pero si ha pasado mucho tiempo ya desde que estaba colada por él. Siete años, por lo menos. Y además, Nate no le dio alas. Dice que borraba todos sus mensajes.

–Espera un momento… ¿Ivy estaba colada por Nate?

¿Por qué no se lo habría mencionado?

–Creía que vivías pegada a ella.

–Ahora sí, pero hace siete años yo estaba en el instituto, como cualquier chica de dieciocho años, mientras mi hermana gemela actuaba en Broadway –fue entonces cuando su vida dejó de ser normal–. Cuéntame qué pasó.

–Al parecer ella se hizo con su número de teléfono y le escribió varias veces diciéndole que le encantaba su música y pidiéndole que fuera a verla a Nueva York. ¿No te lo ha contado Nate?

–No.

¿Por qué? ¿Por eso se había entusiasmado tanto su hermana con la posibilidad de trabajar con él?

–¿Y fue a verla?

–¡Pues claro que no! No estaba interesado. Tu hermana no es su tipo. Llegó a decirme que iba a tener que hablar con tu padre, pero no fue necesario.

¿Habría sido esa otra de las razones por las que ella había tenido que salir corriendo para Nueva York y presentarse a un examen a distancia en lugar de graduarse con los demás alumnos de su clase?

–Deberías preguntarle a Nate –continuó Melody.

–Lo haré. Y hablando de Ivy, Nate me he dicho que quiere grabar algunos temas tuyos.

Logró mantener su tono de voz neutro. No le dolía que su hermana ya no quisiera grabar sus temas, sino que su padre y ella no se lo hubieran dicho.

–¿Cuáles?

–No tengo idea.

–Será mejor que elija cuanto antes los temas que quiero para mi propio álbum, no sea que Ivy me los vaya a quitar –se rio pero sin demasiada alegría–. Dile a Nate que pienso en él.

–Vale.

Mia buscó su bolsa de viaje y entró en el dormitorio. Nate estaba recostado en la cama en unos almohadones y la miró sin rastro de sueño. Ella intentó no mirar su torso desnudo, pero aquellos hombros, aquellos brazos despertaron sus hormonas y su deseo. De cintura para abajo estaba tapado con la ropa de la cama. Ojalá llevase pijama.

—Voy a cambiarme —dijo, yendo hacia el baño.

—He visto que…

Pero ella estaba ya en el baño antes de que pudiera terminar. La mejor parte de que no pudiera hablar era que todo lo que tenía que hacer para decir la última palabra era no mirarle.

Se tomó su tiempo. No es que se estuviera emperifollando, pero a lo mejor lograba que se quedase dormido.

Pero no. Al salir vio que sus ojos brillaban como antes. ¿Iban a ser capaces de dormir?

Capítulo Cuatro

–Sexy –dijo con las manos Nate, y sonrió al ver que ella parecía sentir vergüenza.

–¿Qué esperabas? –respondió, mirándose el pijama azul claro.

Si creía que cubriéndose de la cabeza a los pies iba a conseguir distraerlo, subestimaba su atractivo, como siempre.

–Algo transparente y corto.

–Ja. No te he preguntado qué querías –dejó la bolsa junto y bordeó la cama con la prudencia de un gato callejero–. Tú estás aquí para recuperarte y yo estoy para asegurarme de que descansas lo necesario.

–Qué aburrido.

–Te aconsejo que disfrutes de la paz y tranquilidad de esta habitación, que vas a tener a mi hermana en tu estudio durante todo un mes.

–Ven aquí –le pidió–. No quiero hablar de tu hermana.

Mia se cruzó de brazos.

–¿Por qué no me habías dicho que mi hermana estuvo colada por ti hace siete años?

Si hubiera podido emitir algún sonido, habría sido un gemido de desesperación.

–Precisamente porque han pasado ya siete años y porque no le di importancia.

–La rechazaste. ¿De verdad crees que lo va a dejar estar? ¡Si aún está enfadada porque Jimmy Reynolds me eligió para que nos sentáramos juntos en el autobús del zoo en segundo!

Conocía a Ivy y se imaginaba que no iba a olvidar fácilmente, pero quizás Mia exageraba con lo de un crío de siete años.

–¡Ahora entiendo por qué era tan fría contigo en la gira!

Debió poner cara de sorpresa, porque añadió:

–¿No te diste cuenta de que flirteaba con todo el mundo menos contigo?

Él negó con la cabeza. De hecho le había prestado poca atención a Ivy. Estaba centrado en Mia.

–Eso explica muchas cosas. Y ahora se ha convencido de que, como quieres trabajar con ella, es que estás interesado.

Eso le preocupaba bastante poco.

–A mí solo me interesas tú.

Mia tenía las mejillas arreboladas cuando se acercó a la cama.

–No puedes estar interesado en mí. Ya hemos pasado por ello...

–Y no terminamos como yo quería –hizo una pausa–. Y creo que a ti tampoco te gustó el final.

–Lo que yo quiero dejó de importar cuando tenía diecisiete años.

–¿Por qué?

Hizo un gesto con las manos para quitarle importancia a la pregunta.

–Es una historia familiar algo complicada. Ivy no es tan fuerte como parece, y necesita que esté a su lado.

¿Durante cuánto tiempo? ¿El resto de su vida? Mia tenía tanto que ofrecer. Ojalá dejase de esconderse detrás de su hermana.

—Cuando dices que necesita que estés a su lado, ¿incluyes facilitarle excusas para cuando no le apetece hacer algo?

Era una pregunta que quizás debería haber reservado para otro momento, pero es que a Ivy no le vendría mal empezar a preocuparse por algo que no fueran sus necesidades inmediatas y sus deseos. A lo mejor maduraría un poco si asumiera ciertas responsabilidades, así que su hermana no le estaba haciendo ningún favor protegiéndola.

Mia tardó un poco en responder, y lo hizo con un suspiro.

—Sí. Es una artista, y las artistas son personas sensibles —se apresuró a excusarla.

Nate quería puntualizar que él también era un artista, y que eso no le impedía sacar el culo de la cama cuando estaba agotado o presentarse a la hora y listo para trabajar aunque no tuviese ganas de escribir, cantar o ser entrevistado.

—Eso no lo voy a tolerar en mi estudio. Mi tiempo es dinero.

—Lo sé. Se lo haré saber.

—Ven aquí.

Ya no se resistió, y ambos se tumbaron bajo las sabanas. El deseo de tocarla era desmesurado, pero ella negó con la cabeza como si le hubiera leído el pensamiento.

—No podemos.

—Tú quieres.

–Sí –susurró–, pero no puedo.

Y tras desearle buenas noches, se dio la vuelta.

Sin embargo, en algún momento de la noche, los dos debían haberse movido, y cuando Nate se despertó, Mia estaba acurrucada junto a su cuerpo y tenía la cabeza apoyada en su pecho, y él la abrazaba.

Respiraba con calma, por lo cual dedujo que seguía dormida, así que no se movió para poder saborear el momento. Fuera el sol se asomaba ya por encima de la barandilla del balcón y cerró los ojos para fingir que aún le quedaban horas para disfrutar de tenerla en los brazos, pero no debían de haber pasado más de veinte minutos cuando ella se despertó y de inmediato comenzó a separarse de él.

–¿Cuánto tiempo llevas despierto? –quiso saber, mientras él la sujetaba para que no se separase. Mia acabó rindiéndose.

–Veinte minutos –respondió con la mano derecha, y a continuación atrajo suavemente su barbilla para besarla en los labios.

Mia suspiró y el beso se hizo más intenso. Ella levantó un brazo para hundir los dedos en su pelo y abrazarse más a él. Sus besos matinales eran dulces, aliñados con un toque sexy.

–Creo que esto no es lo que prescribió el médico –gimió mientras él recorría con los labios todo su cuello, y riéndose se zafó de la mano que Nate estaba deslizando por dentro de su pijama.

–Me han dicho que no hable, pero del sexo no me han dicho nada.

–Estoy segura de que te habrán dicho que no hagas ejercicio –sonrió, e hizo ademán de levantarse de la cama, pero la sonrisa pícara que él le dedicó le hizo quedarse quieta un momento para contemplarlo.

–Voy a hacer un té y te pediré algo suave de desayunar.

Nate la vio alejarse antes de levantarse él y entrar en el baño a ducharse. Cuando salió, una botella de agua le esperaba en la encimera, junto al lavabo. Se había tomado muy en serio lo de que se mantuviera hidratado. Se vistió y, con la botella en la mano, salió al salón preguntándose en qué iba a ocuparse que lo distrajera lo suficiente como para no volver a acariciar a Mia. La inactividad no le sentaba bien. Si no estaba trabajando en el estudio, se dedicaba a componer o a promocionar su banda.

–¿Te apetece compartir conmigo tus últimos trabajos? –le preguntó por signos después de desayunar.

–El otro día grabé un par de ritmos. Ivy dijo que quería cambiar un poco, así que comencé a trabajar con el sintetizador en pop electrónico –frunció un poco el ceño–. Pero claro, eso era antes de que supiera que quiere grabar la música de Melody.

–Déjame escucharlo.

Sacó el teléfono y comenzó a buscar hasta encontrar la pista que quería mostrarle. Un momento después, Nate abría los ojos de par en par. Aquello era muy diferente a cuanto había hecho hasta entonces su hermana. ¿Demasiado, quizás, para la princesa del pop?

–¿Lo ha oído Ivy?

–Sé lo que estás pensando –suspiró–. Sé que es muy diferente a lo que ella suele hacer, y no, no se lo he enseñado.

–Conozco un par de cantantes que estarían interesados en lo que has hecho –hizo una pausa y esperó a que lo digiriera–. Puedo llamarlos. O escribirlos.

–Lo pensaré. Aun está muy verde.

–Cuando vayamos al estudio, puedes jugar un poco más con él.

–Puede –se encogió de hombros–. Por cierto, le he dicho a Melody que Ivy está interesada en grabar algo suyo, para que pueda prepararse.

–Seguro que te agradece saberlo con antelación.

El teléfono de Mia sonó y al ver su cara supo que se trataba de su hermana. Con él en la mano, salió a la pequeña terraza.

–Hola, Ivy. ¿Qué hay? –Mia estaba de espaldas a él, pero no por eso se dejaba de oír lo que decía. Hubo una pausa durante la que se paseó de un lado al otro de la terraza–. No puedo. Estoy fuera. He subido por la costa.

–Mentirosa –le dijo él cuando la vio volverse.

–Cállate –le contestó, y se sentó en una de las sillas, apoyando la frente en una mano–. Papá no ha hablado conmigo sobre la dirección de tu nuevo álbum.

Nate se preguntó qué necesitaría Mia para poder hablar claramente de su relación. ¿Qué tenía de malo decir que había pasado la noche ayudándolo después de la operación? La dinámica entre las dos hermanas seguía sorprendiéndole.

–Por supuesto que comprendo que quieras trabajar

con Melody Caldwell. Tiene mucho talento –otra pausa–. No, no estoy enfadada. Solo necesitaba un descanso de… de L.A. ¿Podemos hablar de esto en otro momento?

Mia colgó y respiró hondo.

–¿Qué quería?

–Que le hiciera unos recados.

–Malgastas tu talento con tu hermana.

–Es que es… complicado –se escabulló, aunque no defendió a su hermana con la misma vehemencia que en otras ocasiones–. Me necesita.

No quería malgastar el tiempo que iban a estar juntos con una discusión, de modo que le tendió la mano.

–Ven y enséñame más cosas.

Una semana después de la operación de Nate, Mia se encontró en el vestíbulo de Ugly Trout Records con su hermana y su padre. La estancia era sencilla y práctica, igual que Nate. Había un sofá de piel color beis debajo del logo de la empresa y, en la pared opuesta, seis guitarras colgadas en línea. No estaba diseñado para impresionar a ejecutivos o estrellas. Su reputación era la única promoción que necesitaba su sello.

Llegaban tarde y al entrar a la sala de conferencias, la encontraron vacía.

–Me sorprende que no esté Nate aquí para recibirnos –comentó Ivy, sacando un espejo de mano de su bolso para mirarse en él una vez más.

–A mí también, ya que llegamos quince minutos tarde.

–¿Se puede saber qué te pasa? –espetó su hermana, molesta.

Mia se mordió la lengua para recordarse que la sesión no saldría bien si Ivy se enfadaba.

—Le prometí que estaríamos aquí a las diez en punto.

—Es a mí a quien espera —replicó, aunque Mia ya se había dado cuenta de que había metido la pata utilizando el plural.

—Claro —intentó calmarla—, pero me necesitas a mí para que traduzca lo que te diga.

Ivy volvió a mirarse en el espejo.

—Pues si crees que por eso eres especial, no te equivoques. Es conmigo con quien quiere trabajar.

Mia no se atrevió a decirle la verdad. En realidad ni siquiera ella misma terminaba de creérsela. ¿Por qué alguien con tanto talento y con tanto éxito como Nate se iba a fijar en una don nadie como ella?

Un par de minutos después, Nate, Melody y dos hombres entraron en la sala. El aire pareció cargarse de energía con la presencia de Nate y Mia lo siguió con la mirada mientras bordeaba la mesa y se acercaba a Ivy para estrecharle la mano. El resto del equipo hizo lo mismo. Cuando se hubieron hecho todas las presentaciones, Nate buscó a Mia con la mirada.

—Empezamos, ¿vale?

Mia tradujo y, durante un rato, solo se oyó su voz. Nate estaba hablando sobre los dos álbumes anteriores de Ivy con West Coast Records. En su opinión, las canciones habían sido geniales, pero la producción se había hecho con premura. Ahora que Trent y él habían comprado el sello, pretendían devolverle su gloria anterior.

—Vamos a desarrollar una mejor estrategia de marketing para el lanzamiento.

—Me alegro —contestó Javier Navarro—. El retraso

del lanzamiento de su último álbum dañó bastante las ventas.

—Trent y yo estamos de acuerdo en eso.

—Me muero de ganas de trabajar con Melody y contigo —intervino Ivy—. ¿Cuándo puedo entrar en el estudio?

Nate miró a Melody.

—El estudio C está abierto. ¿Por qué no probáis un par de temas? Yo quiero enseñarle esto a Mia y presentarle a algunas personas con las que va a trabajar este mes.

Ivy frunció el ceño.

—Creía que iba a hacerte de traductora.

—Así es.

—Entonces, ¿por qué necesita conocer el edificio?

—A tu hermana le interesa la producción musical y va a tener que aprender de qué hablo para hacérselo comprender a la gente.

—Bien.

Cuando Melody, Ivy y Javier salieron, Mia se volvió a Nate.

—Que tú y yo trabajemos juntos la va a poner de los nervios.

—Me da igual.

—A mí, no. Y tú no eres el que tiene que vivir con ella.

—Tú tampoco.

—Por favor, dime que no vamos a tener esta discusión todos los días del próximo mes.

—No es culpa mía que tu hermana malinterprete nuestra relación.

—¿Te refieres a la tuya y la mía, o a la suya contigo?

–A ambas –su mirada parecía plata líquida–. Ahora, vamos a buscarnos un estudio vacío para que pueda besarte.

–No haces más que darme problemas –le dijo con una sonrisa, y juntos salieron de la sala.

Poniéndole una mano en la espalda, Nate la condujo hasta uno de los estudios que, por suerte, estaba ocupado. Al otro lado de las puertas de cristal, un grupo de músicos de estudio abarrotaban el espacio. La intensidad de su concentración se rompió al acabar el tema, lo que todos celebraron con sonrisas y palmas.

Nate presionó un botón y se volvió a mirarla, y Mia comprendió que quería que hablase por él.

–Suena bien. Os presento a Mia –tradujo–. Va a ser mi voz durante un mes.

–Debería quedarse para siempre –contestó un tipo calvo, de pecho prominente y una pequeña barba de chivo–. Me gusta más su voz que la tuya.

–Y su cara más que la mía.

Una vez se presentaron los ingenieros de sonido, Nate señaló la puerta que había la otro lado del vestíbulo y que conducía a otra sala de control. Allí un joven rapeaba un ritmo complicado que Mia reconoció de habérselo oído a Nate durante la gira.

–Eso es tuyo.

Él asintió antes de presentarle a Craig.

–Ven. Cambiemos de tema.

Abrió la puerta de otro estudio y la invitó a entrar. Aquel tenía batería, un par de teclados y varias guitarras. Y estaba vacío.

Mia no se resistió cuando su boca la encontró y la dejó sin aliento. Demonios… aquel hombre sabía besar. Había recorrido sus labios con la lengua, pero como parecía no tener prisa por subir la intensidad del beso, fue ella quien se puso de puntillas y pisó el acelerador.

Los dos tenían la respiración acelerada cuando él se separó con un suspiro y dio un paso atrás.

–¿Te apetece probar otra cosa?

–Eso depende –respondió, metiéndose la camisa por dentro de los pantalones.

–Toca un poco de lo que has estado haciendo. Déjate llevar, a ver qué pasa.

–Puedo tocar la melodía.

–Y cantarla.

A eso no estaba acostumbrada. Normalmente grababa todas sus demos utilizando el portátil, encerrada a solas en su habitación con un teclado, un sintetizador y una guitarra. Era libre de cometer errores y volver a empezar si no funcionaba. Incluso solía bailar, como si así la creatividad fluyera con más facilidad.

Nate la estaba observando con atención.

–¿Vale?

Mia acabó asintiendo. Durante la gira había escrito varios temas inspirados por los sentimientos que iban creciendo por Nate.

Se sentó ante el teclado, pero con él observándola, se quedaba en blanco.

–¿Podrías sentarte por ahí? Me estás poniendo nerviosa.

–¿Por qué? Ya me has tocado tus temas antes.

–Pero era solo un juego. Ahora estamos en tu estudio y es como si estuviera bajo los focos.

–Vale.

Entonces la música volvió: puso las manos en el teclado y las notas llenaron el espacio, dejó de preocuparse por lo que Nate pudiera pensar y liberó su música.

Eran dos baladas, quizás sus dos mejores trabajos. No solo su romance había influido en la letra, confiriéndole una emoción más honda, sino que el genio musical de Nate la había animado a innovar.

Pero es que los dos temas eran demasiado personales, y al terminar se dio cuenta de que eran puro sentimiento. Menos mal que Ivy no iba a grabarlos. Oír en labios de su hermana aquellas palabras antes de que hubiera podido asimilar lo que significaban, habría sido horrible.

Se volvió hacia Nate conteniendo el aliento, pero su expresión pensativa no revelaba nada. Al final ya no pudo aguantar más:

–¿Y bien?

–Me gustaría que se los mostraras a los chicos. Free Fall podría estar interesado en grabarlos, uno o los dos.

Mia no pudo evitar que los ojos se le llenaran de lágrimas.

–No pasa nada –dijo, cuando vio que él se levantaba para ir a su lado.

–No puedo garantizarte nada.

–Lo sé, pero es que me he emocionado tanto con la idea de que vayas a considerarlo… oye, no será un soborno para que me acueste contigo, ¿verdad?

Él la miró boquiabierto.

–¡Ojalá! –exclamó, y salieron de allí.

El último estudio en el que entraron estaba ocupado por Melody e Ivy.

–¿Qué tal vais? –tradujo Mia.

–Esta es la que le gusta –respondió Melody, poniendo una demo, y cuando su voz se derramaba por los altavoces, Mia miró a Melody y le vio negar casi imperceptiblemente con la cabeza.

–Creía que querías darle una dirección nueva a este álbum, pero a mí me suena igual que los dos anteriores.

–No quiero pasarme. Los fans tienen ciertas expectativas.

–¿Y qué tal *Love me more*?

Melody seleccionó otra pista y Mia comprendió inmediatamente dónde quería ir Nate.

–Esta la bordarías –corroboró Melody.

Aquel tema la llevaría en una dirección completamente nueva. Estaba menos cargada sexualmente, con un ritmo más trepidante e intenso. Su hermana sabía bailar bien y así podría demostrar, moviéndose por el escenario, que sabía hacer mucho más que poner poses insinuantes.

Pero por desgracia Ivy se sentía muy cómoda haciendo todas aquellas poses, y por mucho que dijera que quería crecer como artista, seguía anclada en lo mismo, en el territorio en el que se sentía segura.

–Vamos a intentarlo –le tradujo.

–¿Ahora? –preguntó Ivy, abriendo mucho los ojos. No había ido preparada para grabar. Normalmente necesitaba semanas para ensayar un tema antes de entrar a grabarlo. No solo era una perfeccionista; es que además, odiaba quedar mal.

–A ver qué podemos hacer.

–No conozco la canción.

–Iremos despacio.

Cuando Mia repitió lo que Nate había dicho en signos, Ivy la miró furibunda. Mia reconoció que quería que la apoyase, pero mil desprecios y sus malos tratos la hicieron guardar silencio. Ivy había reclamado como suyos los temas de sus otros dos álbumes, y ahora quería un sonido nuevo. Pues ahí lo tenía. Mia miró a su padre y a Nate mientras la tensión crecía.

Al final, viendo que todo el mundo esperaba que aceptase, Ivy cedió.

—Lo intentaré.

—Magnífico.

Melody le entregó la partitura y Ivy miró por última vez a Mia antes de salir del control y entrar en el estudio de grabación. Nate puso en marcha la música. Ivy la escuchó un momento y comenzó a cantar. Su forma de hacerlo era suave y sexy, que era como solía cantar, pero eso no era lo que Nate buscaba. Hizo unos signos y esperó.

Mia suspiró y tradujo:

—No tengas miedo. Déjate ir. Se trata de una chica que le está diciendo a un chico que quiere que la ame de verdad. Díselo.

Ivy volvió a empezar. Estaba claro que se sentía incómoda, y en mitad de la canción se detuvo.

—Esto no funciona.

—El productor soy yo. ¿Por qué no dejas que sea yo quien juzgue lo que funciona y lo que no? Tú sigue cantando.

Mia tenía la certeza de que iba a pagar un alto precio por todo aquello.

Capítulo Cinco

Nate casi sentía lástima de Mia. Conocía lo suficiente cuál era la dinámica entre ellas para saber que lo estaba pasando mal teniendo que decirle a Ivy cómo interpretar. Y qué decir que Ivy también lo estaba llevando mal. Pero tenía que ser bueno para Mia estar al mando por una vez, aunque fuera solo como traductora.

Y lo cierto es que a medida que fue pasando el tiempo, Mia fue ganando confianza y la interpretación que Ivy estaba haciendo de la canción de Melody se fue aproximando más a lo que la autora pretendía. No era perfecto, pero al menos era un comienzo.

–Esto está mucho mejor –tradujo Mia–. ¿Por qué no entras aquí y lo escuchas?

–¿Qué tal te has sentido mangoneando a tu hermana?

–Yo no he hecho tal cosa. Me he limitado a traducir lo que tú decías.

–No al pie de la letra.

–¿Quería que siguiera cantando, o que saliera de espantada?

–¿De qué estáis hablando? –preguntó Javier.

–Perdona. Como estoy acostumbrada a hablar en signos con Eva, se me olvidaba que Nate puede oír.

–Buena excusa.

–Nate estaba diciendo que está encantado de poder trabajar con una cantante con tanto talento –espetó, mirando desafiante a Nate.

No iba a contradecirla. Ni que pudiera. A pesar de que se plegaba a la dominación de su hermana, Mia tenía coraje y personalidad, así que durante las próximas semanas estaba decidido a averiguar por qué permitía que Ivy la manipulase así.

–Me ha gustado el beso de antes.

Ivy entró y se sentó junto a su padre en el sofá.

–Le ha gustado lo que has hecho –dijo Mia, alterada–. Es lo que ha dicho –añadió, señalando a Nate.

–Eso no es lo que yo he dicho. Por cierto, te estás poniendo colorada. ¿Cuánto tiempo crees que vas a poder mantener en secreto nuestra relación?

–¡Basta! ¿De qué relación hablas?

–Esa en la que te quito la ropa en cuanto se me pone a tiro.

Aunque hubiera querido ver cómo le afectaba lo que le había dicho, hizo una seña al ingeniero de sonido, que hizo sonar la grabación. A su lado, Mia irradiaba calor, pero sin mirarla no podía saber si era de enfado o de lujuria.

La voz de Ivy llenó el espacio. Había cantado con una sencilla melodía interpretada al piano por Melody, pero estaba claro que allí había potencial, y el vello de la nuca se le erizó. Era un buen augurio. Lo creyera ella o no, su voz casaba bien con aquella música. La cuestión seguía siendo si sería capaz de interpretar la letra y venderla.

Un suspiro colectivo flotó en el espacio cuando las últimas notas se disiparon. Nate asintió satisfecho y miró a Ivy. Había que reconocer que tenía talento. Lástima que fuese tan diva.

Javier parecía complacido.

–Me gustaría grabar el otro tema del que hemos hablado antes –dijo Ivy.

Nate no iba a negociar con ella. Lo que hizo fue dirigirse a Melody:

–Dale la música de esos otros cinco temas de los que hemos hablado antes —y dirigiéndose a Ivy, añadió–: Tómate el resto de la semana para conocer las canciones. Te quiero de vuelta en el estudio el viernes. Las trabajaremos todas.

–¡Solo me das tres días! No es suficiente –exclamó, mirando aterrada a su padre.

Javier se encogió de hombros.

–Si queremos tener el álbum en breve, tendrás que comprometerte a trabajar duro.

Pero eso no era lo que Ivy quería. Ella quería irse de compras, salir de fiesta y mangonear a su hermana.

–Tienes tres días para aprenderte cinco canciones –tradujo Mia–. No es necesario que estén perfectas, pero sí tener una idea.

–Está bien –se resignó, y se encaminó hacia la puerta.

Antes de que Mia pudiera salir tras ella, Nate la sujetó por un brazo.

–¿Quieres acompañarme a los AMA?

Free Fall había sido nominado otra vez para el premio al mejor grupo pop rock. Era un premio que habían ganado dos años atrás, pero no esperaban ganar aquella edición. Tener a Mia al lado le quitaría amargura al trago.

–¿Los AMA? –repitió, sonriendo.

Ivy había salido ya, pero al oír hablar a su hermana se dio la vuelta.

–¿Qué pasa con los AMA?

–Nate me ha pedido que lo acompañe.

–¿Para qué? ¿Para traducir?

Nate estaba seguro de que iba a volver a mentir, y le tiró suavemente de la mano para que le prestara atención.

–Dile la verdad.

–Como su acompañante.

–¿Acompañante? –Ivy miró escandalizada a Nate–. Eso no es posible.

–¿Por qué no? –tradujo Mia.

–Porque es mi asistente.

Estaba hasta el gorro de ver cómo la trataba.

–Y también es tu hermana.

Pero Mia no tradujo de inmediato, de modo que Ivy y él se quedaron mirándola en silencio un instante. Se merecía algo más que atender todos los caprichos de su hermana. ¿Qué le pasaba a aquella familia para que todo girara alrededor de Ivy y de su condenada carrera?

–De modo que ya estaré allí –dijo Mia, eligiendo la vía diplomática.

A Nate se le estaba agotando la paciencia.

–No dejes que abuse de ti.

–¡Pero es Mia! –exclamó Ivy, como si con eso pudiera hacerle desistir.

Él asintió.

–Me encantaría ir –dijo Mia por fin con suavidad, pero brillándole los ojos. En momentos así, era mucho más guapa que su hermana.

–Pero es que yo la necesito. Tengo que cantar y que presentar.

–Ya tienes a Ivonne para que te ayude con los cambios y el maquillaje –dijo su hermana. Ahora que había aceptado la invitación, parecía no querer dar marcha atrás. Era un cambio agradable.

–No tiene nada que ponerse para algo así –insistió Ivy, que no quería dar su brazo a torcer.

Como artista invitada, Ivy tendría a su disposición todo un abanico de vestidos enviados por diseñadores deseosos de publicidad. Mia no era famosa como su hermana.

–Tengo una estilista en L.A. que puede prepararte algo –dijo Nate–. La llamo –dijo, y suspiró–. Bueno, la escribo.

–Eso sería genial –respondió Mia en voz baja.

Su expresión como alucinada le hizo preguntarse con qué frecuencia le ocurrirían cosas buenas. Eso le serviría de acicate para esforzarse en que la velada fuese memorable para ella. Llevaba demasiado tiempo siendo invisible.

–Yo me ocupo. No dejes que te convenza de que no vayas.

–No lo haré –y dirigiéndose a Ivy, añadió–: Vámonos ya si quieres llegar puntual al masaje –y cuando ya salían hacia la entrada, se volvió a Nate e hizo el signo de gracias.

Mia subió a la habitación de Ivy con una taza de té en la mano. Su padre había alquilado una casa de cinco habitaciones y piscina para el mes que iban a pasar grabando en Ugly Trout, pero a pesar de ello los progresos de su hermana con la música de Melody no eran como se esperaba, ya que cuando no estaba en el estudio grabando, se dedicaba a ir de compras o de fiesta con sus amigas Skylar y Riley, que se habían presentado allí inesperadamente.

Mia había convencido a su padre para que las echara y que Ivy pudiera trabajar en las canciones que Nate quería que grabase, pero a juzgar por el montón de bolsas de diseño que había al pie de la cama, no debía haberlas convencido de que se marchasen de la ciudad.

Y que su hermana no se estuviera dedicando a contemplar sus últimas adquisiciones, además de que las cortinas estuvieran echadas, le dio mala espina.

Tardó un instante en localizarla. Se había refugiado en un rincón del dormitorio, rodeándose las piernas dobladas con las manos, como una niña que quisiera volverse invisible. Las lágrimas le rodaban por las mejillas.

–¿Qué ocurre? –preguntó, dejando aparte la taza para sentarse a su lado–. Te traigo un té. ¿Por qué no tomas un poco?

–No puedo hacerlo –contestó sin mirarla–. Nada me sale bien. Todos esperan que haga algo increíble, pero no estoy siendo yo. Cuando estábamos de gira, oí las canciones de Melody y me pareció que sonaban maravillosamente, pero yo no sueno maravillosamente.

–Eso no es cierto. Yo te he escuchado, y el resultado es genial –le dijo con el corazón.

–Papá espera que este álbum sea disco de platino, así que tiene que ser perfecto.

Siempre había pensado que el hecho de que su padre dirigiera la carrera de Ivy añadía presión. Y de no haber sido su padre el que tomaba las decisiones, la imagen de Ivy seguramente sería distinta. Estaba segura de que no se habría sometido a cirugía plástica con diecisiete años, y tampoco habría caído en la adicción a los calmantes que había estado a punto de acabar con su vida.

–No te preocupes por papá o por mamá, ni por lo que los demás puedan pensar.

Por buenos que fueran sus resultados, Ivy siempre quería que fuesen mejores, y cuando no le reconocían su trabajo, que era lo que estaba ocurriendo aquel año, se venía abajo enseguida.

Y Mia tenía la convicción de que su hermana había escogido el camino equivocado. Si quería que la tomaran en serio como artista, tenía que ser más auténtica, en lugar de una caricatura de la personalidad en que se había convertido.

–Haz la música que llevas en el corazón. Deja que le hable a la persona que eres.

Ivy compuso una triste sonrisa.

–¿Y si no sé quién es esa persona?

–Lo descubrirás. Solo tienes que creer en ti.

–¿Es eso lo que Nate te dice que hagas?

Mia dudó. El tema de Nate era delicado con su hermana.

–Es un mensaje positivo. Has de creer en ti misma. Y hacer lo que te guste.

–¿Tú haces lo que te gusta?

–Claro.

–Conmigo, quiero decir.

–Eres mi hermana. Me gusta estar contigo.

–Pero te gustaría más estar con Nate.

Mina notó que pisaba un campo de minas y extremó la precaución

–He disfrutado trabajando con él en el estudio. Estoy aprendiendo mucho. Creo que es algo que me gustaría hacer en el futuro.

Compartir algo tan personal la aterraba. A Ivy no le gustaban los cambios, y podía ver las aspiraciones de su hermana como una amenaza.

–No te estaba hablando del estudio, sino de él. Te gusta –su voz había adquirido una frialdad que la hizo estremecerse–. Te gusta mucho.

–Nate le gusta a todo el mundo –intentó.

–Pero no todo el mundo se acuesta con él –espetó con los ojos brillantes–. Sabes que te está utilizando, ¿verdad?

–No me acuesto con él –¿cuántas veces iba a mentir a su hermana sobre Nate? ¿Cuándo iba a dejar de hacerlo?–. Y él no es así.

–Lo has hecho porque sabes que me gusta. ¿Le has hablado mal de mí? ¿Por eso critica todo lo que hago en el estudio? Intento por todos los medios complacerlo, pero no consigo que me mire como te mira a ti.

–Somos colegas, y eso hace que todo sea fácil entre nosotros. Y te está presionando para lograr lo mejor de ti. Puede que parezca que no está contento, pero piensa que este álbum va a ser uno de tus mejores trabajos.

Pero Ivy no la escuchaba. Mia ya había visto esa mirada antes, y eso la empujó a levantarse e ir a por su bolso. Su hermana protestó, pero no la hizo caso y rebuscó en el bolso. No se sorprendió al encontrar una bolsita de pastillas.

–¿Quién te las ha dado? ¿Skylar o Riley?

Ivy la miró en silencio.

–¡Dámelas! –exigió–. No es asunto tuyo.

–¿Pero qué pasa contigo? –la rabia y la pena colisionaron dentro de su pecho–. ¡Creía que habías terminado con lo de tomar pastillas, Ivy, maldita sea!

–Necesito algo para descansar después de pasarme el día en el estudio. Es agotador y tanta presión no… tú no lo entiendes.

–Yo lo que entiendo es que estuviste a punto de morir por tomar esta porquería.

Entró en el baño y vació el contenido en el váter, y cuando se dio la vuelta, su hermana la miraba desde la puerta.

–No tenías derecho –espetó con voz glacial.

–Soy tu hermana y te quiero –dijo, enfadada y asustada al mismo tiempo–. Siempre voy a hacer lo que sea mejor para ti, aunque me odies por ello.

–Es culpa tuya que tome pastillas. No has estado conmigo últimamente.

–Estoy contigo todo el día en el estudio, y cuando trabajas con Melody también. El único momento en que no estoy contigo es cuando sales con Skylar y Riley. Son mala gente.

–Son divertidas. Y tú no haces más que regañarme en cuanto ves que me divierto. Antes nos divertíamos juntas. Salíamos por ahí.

–Eso no es culpa mía. Eres tú quien me trata como si fuera una empleada y no tu hermana.

–Me dejaste para ir al instituto.

Mia la miró un instante en silencio.

—Estabas en Broadway. Yo quería ser normal.

Ella era una chica normal y corriente, sin una ambición especial, ni un talento extraordinario.

—¿Y no crees que eso era lo que yo hubiera querido? —las pupilas de Ivy se habían vuelto muy pequeñas, un síntoma que Mia había aprendido a reconocer—. ¿Ir al instituto con mis amigos y preocuparme solo por aprobar un examen de química o porque a un chico le pareciese mona?

—¿Y por qué no dijiste que no?

—Tú piensas que es porque me encanta tener dinero y ser famosa.

—Pues sí. Desde que éramos niñas siempre querías ser el centro de atención.

—Eso ya pasó a la historia. A veces todo lo que quiero es ser invisible.

—Pues déjalo.

—¿Y qué hago entonces? —preguntó, frunciendo el ceño—. Yo no sé componer como tú. Lo único que tengo es mi voz y este cuerpo.

—¿Y si estudiases una carrera? Podrías hacerlo. Te encanta la moda. También podrías intentar lanzar una línea de ropa.

—¡Claro! —se rio con amargura—. ¿Crees que papá iba a permitirme dejar de cantar y actuar para dedicarme a la moda?

—No tienes por qué dejarlo todo de golpe. Haz las dos cosas y ves qué tal te va.

Por primera vez desde hacía siglos, la Ivy de antes la miró a los ojos, y sin pensar tomó las manos de su hermana.

–¿Por qué no nos tomamos el sábado libre y hacemos algo juntas? Solas las dos. Como cuando éramos crías y nos escapábamos para ir al parque.

–Mañana me voy a L.A. con Riley y Skylar para reunirnos con el tío que les va a fabricar su línea de bolsos.

–¿Mañana? –¿por qué no le habían dicho nada?–. Pero si mañana tienes sesión reservada en el estudio. ¿Cuándo piensas volver?

–No lo sé. Es que necesitan que las ayude.

–Y la ayuda se traduce en que inviertas dinero.

Si antes ya le gustaban poco, el descubrir pastillas en su bolso lo había empeorado todo.

–No me importa lo que pienses –espetó–. Voy a ir.

–Entonces, te acompaño –si estaba tomando calmantes otra vez, no podía dejarla ir sola–. Escribo a Nate y se lo explico.

Bueno, todo no podía contárselo. Había compartido muchos secretos con él, pero no podía contarle lo de la sobredosis de su hermana.

–Haz lo que quieras, pero hazlo en otro sitio. Estoy cansada y quiero dormir.

–¿Entonces no vas a salir esta noche?

–¡Pero Mia, si son las siete! No hay nada hasta por lo menos las doce.

Se dejó caer en la cama y se tapó la cara con una almohada.

Tapó a su hermana con una manta y volvió a su habitación para hablar con Nate por Skype. Le sorprendió que le pareciera bien el cambio de planes. Él también iba a ir a L.A. para reunirse con Trent, y organizaría una sesión de grabación para Ivy en West

Coast Records con un productor amigo suyo para que la agenda no se resintiera.

Cuando se despidieron una hora después, se sentía mucho mejor. Nate surtía ese efecto en ella. Pero la tranquilidad le duró hasta que entró en la habitación de su hermana y la encontró hecha una leonera de ropa descartada y tirada por todas partes. Ivy no estaba.

Dudó un instante, pero al final se decidió a lanzar una búsqueda intensiva por todos los rincones de aquel cuarto. La última vez que su hermana se había rendido a su adicción, escondía pastillas por todas partes, y aunque al final no encontró contrabando alguno, la presencia de Skylar y Riley garantizaba el acceso de su hermana a las pastillas. Iba a tener que vigilarla más de cerca.

Capítulo Seis

Nate miró a Mia un montón de veces durante el trayecto a Santa Mónica, que es donde habían quedado a cenar con Trent y Savannah. Estaba preciosa con aquel vestido de verano azul y blanco, sandalias del mismo color y pelo con su onda natural. Por ser una salida nocturna, se había maquillado los ojos y los labios. No podía dejar de mirarla.

–¿Estás seguro de que esto va a ser una reunión de trabajo? –le preguntó ella al ver cómo era el restaurante ante el que se detenían.

Él asintió haciéndose el inocente. Sabía lo que estaba pensando, pero en realidad no era una cita doble, sino solo una cena tranquila de dos parejas en un restaurante al borde del mar con buena comida y buen vino.

–Es que me parece un poco…

–¿Apartado?

–Romántico, más bien.

–Ahora que lo dices… pero no lo he elegido yo, sino Trent. Creo que entre Savannah y él hay algo, pero eso no será un problema para ti, ¿no?

–Estar con una pareja de enamorados no me molesta en absoluto.

–Bien. No quiero que pienses cosas raras.

–No se me ocurriría.

Llegaban quince minutos antes de la hora en que tenían la reserva, pero la maître los acomodó en una maravillosa mesa desde la que podían ver el muelle de Santa Mónica y el océano. El sol ya se había hundido al otro lado del mar y el cielo estaba saturado de oro, rojo y azul.

—Me alegro de que Trent y Savannah estén juntos —hizo una pausa mientras Nate le señalaba en la carta al camarero un *pinot grigio*—. No recuerdo que Trent formase parte de West Coast Records cuando Ivy firmó con ellos. ¿Cuánto tiempo hace que está en el sello? Porque el negocio es de su familia, ¿no?

—Sí, pero es algo complicado. Verás, es que Trent y su padre nunca se han llevado bien, así que Trent decidió no implicarse en el sello. Su hermano Rafe se hizo cargo cuando su padre se retiró, y acabó por hundir una empresa que ya iba tocada.

—Mi padre me dijo que se decía por ahí que no pagaban a los artistas. A Ivy no le ha pasado, pero es que ella es una de las que más vende.

—Trent contrató auditores para que estudiasen los libros, porque al parecer habían cometido algún tipo de fraude. Con suerte en seis meses todo quedará aclarado y la gente cobrará.

El camarero les llevó el vino y estaban sirviéndolo cuando Trent y Savannah llegaron a la mesa.

—Habéis llegado pronto —dijo Trent—. ¿Qué tal va la garganta? ¿Ya hablas?

Nate negó con la cabeza y miró a Mia.

—Yo soy su voz.

Savannah abrió mucho los ojos para preguntar.

—¿Y cómo lo hacéis?

Nate hizo una demostración.

–Quiero lamerte de arriba abajo.

–Ha dicho que estás muy guapa esta noche.

–Yo creo que no –se rio–, porque te has puesto roja como un tomate.

Trent ladeó la cabeza para mirarlos a ambos y preguntar:

–¿Estáis…?

–¿Saliendo? –asintió Nate.

–No.

–Todavía no –corrigió.

Savannah sonrió.

–Es como ver una película con subtítulos.

–Diles la verdad –sugirió Nate–. Nadie se va a enterar.

Mia suspiró.

–Nate y yo tuvimos… algo durante la gira, pero nadie lo sabe.

–¿Y eso? –quiso saber Savannah.

Mia parecía desear que se la tragara la tierra.

–Trabajo para mi hermana, y a ella no le haría mucha gracia que saliera con Nate.

–¿Y eso? –fue Trent quien preguntó.

–Mi hermana puede ser un poco exigente.

El gesto de Nate no necesitó traducción.

–Entonces, ¿no puedes salir con nadie? –se sorprendió Savannah–. Me parece un poco excesivo.

–No es que no pueda salir. Lo que pasa es que no tengo mucho tiempo para tener otra vida aparte del trabajo.

–Mia es una compositora impresionante. Descubrí en la gira que es ella quien escribió todos los temas que Ivy dijo haber escrito ella en sus primeros dos álbumes.

–¿Cómo? –se sorprendió Trent–. ¿No te reconocieron la autoría? ¿Cómo ocurrió eso?

–Pues… no lo sé. Se lo pregunté a mi padre y me dijo que había sido una decisión conjunta. Que quedaba mejor si aparecía Ivy como la compositora de su propia música, y no una desconocida.

Estaba claro que seguía doliéndole.

–Si fue algo atribuible a la mala dirección de mi familia, estaría encantado de corregirlo.

–No, no. Sería un horror. Mi familia no me lo perdonaría.

Trent asintió.

–Si alguien entiende bien lo complicado que puede ser unir familia y trabajo soy yo. Tienes mi palabra de que lo que hemos hablado no sale de aquí.

–Gracias.

Mia sonrió tímidamente y Nate se estremeció. Quería ayudarla en cuanto estuviera en su mano, pero ella no se lo permitía. Lo mejor que podía hacer era intentar alejarla de Ivy para que el futuro pudiera abrirse ante ellos.

Cenaron lo que se había pescado ese mismo día, regado con varias botellas de vino. Trent, Savannah y Mia llevaron el peso de la conversación, mientras Nate disfrutaba de su mutismo impuesto y se pasó la mayor parte de la cena viendo florecer la confianza de Mia.

–¿Postre? –preguntó Nate mientras el camarero despejaba la mesa. Quería prolongar la noche cuanto fuera posible.

–Ojalá pudiéramos –contestó Savannah–, pero le

prometimos a la canguro que estaríamos en casa a las diez.

Nate miró a Mia y sugirió:

–¿Qué tal un paseo por la playa?

Ella miró por la ventana hacia el agua oscura. Sabía que amaba el mar. Estando en Australia, se habían escapado un par de veces a la playa. Le habría gustado invitarla a conocer la Gran Barrera de Coral, pero la agenda había sido demasiado apretada para esa clase de excursión.

–Cortito. Si llego demasiado tarde, Ivy se preguntará por qué.

Las dos parejas se separaron en el aparcamiento. Mia mantenía la sonrisa mientras se quitaba las sandalias y las dejaba en el coche. La temperatura había bajado un poco, pero la brisa que soplaba desde el Pacífico era suave.

Nate le dio la mano y echaron a andar hacia la arena. Qué fácil era estar con ella. Tenía la capacidad de estar tranquila por loca que se volviera la gente a su alrededor. Debía ser un rasgo que había cultivado al tener que tratar con su hermana.

Mia no esperaba conversación, ni se sentía obligada a llenar los silencios con cháchara. Incluso antes de la cirugía, se pasaban largas horas en silencio disfrutando el uno de la compañía del otro, conectados físicamente por el roce de su pie, o de hombro con hombro, o estando en esquinas opuestas de una misma habitación, satisfechos con ocupar el mismo espacio.

De no ser por la unión tan peculiar que tenía Mia con su hermana, podría dar por sentado que había encontrado a la mujer perfecta, pero su paciencia estaba empezando a quedarse tan fina como la piel de una cebolla de tanto contenerse para no tomar a Mia en sus brazos y besarla. Estaba cansado de fingir que su interés era meramente profesional.

Caminaron de la mano hasta el borde del agua, alejándose de las luces brillantes de Santa Mónica. La luna en cuarto creciente les proporcionaba la luz suficiente. Nate se detuvo y, enterrando una mano en su pelo, la besó en los labios.

Sabía a la golosina de menta que se había tomado al salir del restaurante, y cuando le lamió los labios, ella los entreabrió y Nate le robó el aliento y lo que le quedaba de la golosina. Siempre se le habían dado bien las palabras para escribir música, pero la intensidad de la emoción que lo asaltaba cada vez que la abrazaba le arrebataba la capacidad de pensar coherentemente.

–Tengo unas horas antes de que Ivy vuelva a casa –murmuró ella cuando Nate la besó en el cuello–. ¿Te apetece que volvamos al hotel? Me muero de ganas de estar a solas contigo.

Nate no se molestó en contestar haciendo signos, sino que volvió a tomarla de la mano y echaron a andar hacia el coche. A Mia le hizo gracia verlo con tantas ganas. Era la misma impaciencia que ella sentía arder en el pecho.

Llegaron al hotel y Nate le entregó las llaves al portero, e iba a pasarle a Mia el brazo por los hombros, pero ella se negó.

–No pueden vernos así –dijo, pensando lo que podría ocurrir si alguien les hacía una foto–. No quiero aparecer en los medios de comunicación y desatar especulaciones.

–Creo que sobrestimas mi capacidad de influencia.

Mia respiró hondo. Nate no tenía ni idea de lo increíble que era.

–Eres tú el que lo subestima.

–Cuando no estoy de gira, logro pasar bastante desapercibido. Y mi cara no es de esas que todo el mundo reconoce.

–¿Estás de coña? Eres guapo –dijo con una risilla–. No sé por qué me da vergüenza decírtelo, si ya sabes lo que siento al respecto.

–No estoy seguro del todo.

Subieron al ascensor junto con más huéspedes y se bajaron en la planta duodécima, y Nate le dio un beso en la mano. Ver cómo la miraba le volvía los huesos de gelatina. Además, pasaba tanto tiempo escondiendo sus sentimientos que era un verdadero alivio dejar brillar sus emociones.

–Creí que nunca iba a volver a ver que me mirases así.

–Llevo dos meses luchando por esto –murmuró ella mientras caminaban hacia la suite–. Ha sido un infierno desearte y saber…

No se merecía que le dijera que había elegido a su hermana por encima de él.

Apretó su mano al introducir la tarjeta electrónica en la puerta, y no habían hecho mas que entrar cuando Nate la abrazó para besarla. Mia suspiró entreabriendo los labios, dando la bienvenida a su lengua, se llenó las manos con su pelo suave y ondulado y lo apretó contra su cuerpo.

«Te quiero». Aquellas dos palabras pugnaban por salir de sus labios pero, por mucho que lo deseara, por mucho que quisiera aquello, no podía comprometerse a ir más allá de lo que ocurriera aquella noche.

Pronto tendría que considerar cuál era el lugar de Nate en su vida. Su conexión había crecido muy rápidamente, y ella no estaba acostumbrada a lanzarse a nada sin reflexionar. Tomó su mano y lo llevó hacia el dormitorio. Se merecía a una mujer guapa y que supiera caminar a su lado sobre la alfombra roja. Ella estaba demasiado acostumbrada a esconderse en la sombra, pero con sus manos acariciándole la espalda era muy difícil pensar en las razones por las que no era adecuada para él.

–Esta noche voy a hablar solo yo –le dijo, gimiendo al notar sus labios en una zona particularmente sensible del cuello–. Dime qué quieres decir y yo lo pondré en palabras.

Había un brillo pícaro en la mirada de Nate al asentir. Tiró de su vestido para quitárselo por la cabeza. El aire fresco le hizo estremecerse y, durante un par de segundos, el tejido de algodón se le enredó en el pelo y no pudo ver, lo que agudizó su percepción del olor de Nate a jabón y a loción de afeitar.

De inmediato se sintió transportada a aquella noche en Sídney. Se había sentido un poco intimidada por la diferencia entre sus respectivos niveles de experiencia sexual y lo que él pudiera esperar de ella, pero en cuanto su boca comenzó a viajar por su cuerpo se olvidó de estar nerviosa y dejó que le presentara un placer que desconocía. Después de casi dos meses reviviendo una y otra vez aquella noche, estaba más que lista para hacerle todas las cosas con las que había soñado.

Su camisa acompañó a su vestido en el suelo. Una

vez su magnífico torso quedó desnudo, siguió decidida con los pantalones. Muy concentrada, soltó el cinturón, y estaba bajando la cremallera cuando él se lo impidió.

–¿Qué haces? ¡Quiero tenerte desnudo! –protestó.

Nate apoyó la frente en la suya y volvió a besar sus manos antes de hacer que se diera la vuelta para que pudieran verse en el espejo.

–Antes de que hagamos esto quiero que sepas que nunca ha sido solo sexo para mí.

–Lo sé –contestó, pegándose a él. Notó su pene erecto y sintió deseos de frotarse contra él–. ¿No podemos hablar de ello después?

–Ahora. Es importante que entiendas lo mucho que te necesito en mi vida. No estoy haciendo esto a la ligera. ¿Tú puedes decir lo mismo?

–Si me vas a pedir que elija en este momento, no puedo hacerlo. ¿Crees que te bastaría con saber que siento algo por ti y que querría que esto que hay entre nosotros funcionara? No quiero crearte falsas expectativas, pero necesito tiempo para aclararlo todo.

–Me estás pidiendo que sea paciente.

–Y sé que es mucho pedir. Eres un hombre maravilloso, y no quiero hacerte daño.

–Ojalá pudiera decirte que te lo voy a poner fácil, pero soy un cerdo egoísta que lo quiere todo para él –la miró a los ojos en el espejo y asomó su sonrisa lobuna–. Ahora, repite conmigo.

Y siguió haciendo signos mientas la acariciaba.

–Me gustan tus pechos y lo duros que se te ponen los pezones cuando los acaricio –tradujo–. Nate, me vas a matar con esto.

Dejó de hacer signos el momento necesario para desabrocharle el sujetador sin hombreras. Mia lo vio caer al suelo. A continuación bajó también sus braguitas y las dejó caer al suelo. Sacó los pies. No era la primera vez que se veía desnuda en un espejo, pero ver las manos de Nate en su abdomen fue una imagen tan erótica que no iba a olvidarla nunca.

–Sigue.

–Me muero de ganas de lamerte –un intenso color rojo apareció en sus mejillas al repetir lo que Nate había dicho con las manos–. Me encanta lo sensible que eres. Me vuelve loco oírte gemir.

Acarició su cuello hasta el hoyuelo en que se unían sus clavículas bajo la atenta mirada de Mia, que entrecerró los ojos porque todos sus sentidos reclamaban atención.

Mia respiró hondo. Aquel hombre no tenía ni idea de lo increíble que era.

–Nate… –su nombre era un ruego que buscaba la promesa de un mayor placer–. Sí…

–¿Sí, qué?

–Que estoy preparada para ti –contestó casi sin voz.

Nate sonrió.

–Yo también lo estoy para ti. ¿Lo notas?

Movió las caderas hacia delante.

–Entonces, ¿a qué estás esperando?

Ella deslizó una mano por su muslo y la coló entre los dos. Él reaccionó de inmediato.

–Ahora quiero que me hagas sentir.

–Será un placer.

Una mano se quedó acariciando su seno e introdujo la mano entre sus piernas, en el calor generado por sus palabras y sus caricias. La tocó con delicadeza, acariciando su clítoris hasta que la oyó gemir.

—Sí... así...

Sabía exactamente lo que la encendía.

No podía comunicarse con palabras, pero su expresión lo decía todo.

—Bésame —le pidió.

Aunque no quería perder su mano de entre sus piernas, necesitaba sentir su boca.

Se volvió hacia él y se besaron apasionadamente en una batalla de labios y lenguas. Durante la noche que habían pasado juntos en la gira, Nate se había mostrado muy hablador en la cama, animándola y diciéndole con palabras cómo sabía y lo que sentía, con lo cual la imposición de silencio debía estarle resultando muy frustrante, porque sus manos viajaban por su piel a ritmo febril.

—Fuera esos pantalones —dijo Mia de pronto—. Ya.

Nate obedeció, se bajó la cremallera y se desprendió de los pantalones. Mia no esperó a que fuera él quien se quitara los calzoncillos, sino que fue ella quien se los bajó. Nate tenía ya la respiración alterada y formó con la boca una maldición que a ella le hizo sonreír.

—Prepárate, que aún no has empezado a maldecir.

Se arrodilló delante de él y se llevó su miembro a la boca antes de que él se diera cuenta de lo que pretendía y lo saboreó con los ojos cerrados. Él adelantó las caderas mientras ella le lamía y sentía clavados sus dedos en los hombros. Debía ser pura agonía estar callado.

Le dio dos palmaditas en el hombro para llamar su atención.

–Me estás matando.

Como respuesta dobló el ahínco con que lamía su pene, ayudándose con una mano. Pensó en todas las cosas que no había hecho aquella noche, y lamentó no haber podido hacer aquello.

La tensión de su cuerpo creció, pero cuando notó que se acercaba al clímax, la hizo levantarse y la apretó contra su pecho.

–Cuando lo haga, será dentro de ti.

Ella se estremeció y, dándole la mano, lo llevó a la cama. Nate sacó un preservativo del cajón de la mesilla, pero cuando ella hizo ademán de ponérselo, él no se lo permitió y, mientas se lo colocaba, ella se dedicó a disfrutar de los planos de su pecho y de sus brazos.

–Túmbate –le dijo en cuanto terminó–. Ahora te voy a hacer el amor.

–Qué bien suena eso.

Se tumbó en el centro del colchón y él la siguió, devorándola con la mirada.

–Eres preciosa.

–Tú también –respondió casi sin voz, pues le había cubierto el pezón con la boca y succionaba con fuerza.

Mia le dejó hacer, recordando las veces que le había visto evolucionar sobre el escenario, su cuerpo delgado y atlético lleno de tanta energía y emoción, y las veces que ella se había preguntado cómo sería estar junto a él, notando la fuerza de sus músculos, sintiendo el calor de su boca…

Ocurrió después de una actuación. Nate la llevó a un camerino y la besó, y para ella fue como sentirse rodeada de un cable de alta tensión. Toda la energía que había ido acumulando en la actuación se había comunicado a ese beso en forma de pasión. Pura magia.

Nate tomó su mano y se la llevó a los labios para que lo mirara a los ojos, como si quisiera pedirle permiso. Ella se había quedado sin voz, así que asintió.

—Lo quiero todo de ti, ahora mismo. Con tanta fuerza como quieras. Rápido o lento.

Nate cerró los ojos y apoyó la frente en la de ella.

—No te merezco.

Te mereces a alguien mucho mejor que yo, hubiera querido decirle, pero no lo hizo por temor a estropear el momento, así que se limitó a volver a besarlo para que la pasión volviera a adueñarse de todo. Nate se colocó entre sus piernas y volvió a hundir la mano entre sus pliegues, y la encontró mojada y deseando, y con un estremecimiento deslizó un dedo dentro de ella, haciéndola gemir y empujándola a agarrarlo por las muñecas para pedirle que hiciera… algo que saciara la tensión que crecía dentro de su cuerpo. Lo miró a la cara y el corazón se le detuvo al ver su expresión de gozo mezclado con deseo. Pero ya no pudo ver nada más, porque el clímax la obligó a cerrar los ojos y a dejarse llevar por el éxtasis que Nate le había regalado.

Apenas lo notó cuando él se colocó para penetrarla, pero cuando experimentaba aún las últimas sacudidas de su orgasmo, Nate empujó con fuerza, llenándola.

El aire silbó entre sus dientes al dejar de moverse. Se había saciado dentro de ella y se tomó unos segundos para contemplarla. Los músculos internos de Mia lo apretaban con los restos de la fuerza de su clímax. Apartó unos mechones de pelo de su cara y contempló sus mejillas sonrosadas y sus ojos brillantes de pasión. Era una mujer hermosa y dulce. Y toda suya.

Mia respiró hondo y lo miró con ese tinte de timidez que siempre le había intrigado. Como si no terminara de creerse que se hubiera fijado en ella.

Como si fuera posible no hacerlo.

—Yo soy perfecta. Tú eres perfecto. Y esto… —con las plantas de los pies, acarició los muslos de Nate—. Esto es perfecto.

Era cuanto necesitaba oír. Comenzó a moverse, saliendo despacio antes de volver a entrar, perdido en el modo en que ella contenía la respiración y se le entornaban los párpados. Dos meses sin ella eran demasiado, y ya estaba sintiendo que el placer se convertía en una necesidad frenética que lo empujaba hacia las estrellas.

—Más —gimió ella, clavándole las uñas en la espalda—. Sí… —gimió al ver que cobraba velocidad—. ¡Así!

Tener que estar callado durante el sexo era mucho más frustrante que cualquier otro momento que hubiera tenido que pasar desde la operación. Querría poder decirle lo bien que se sentía estando en ella, que no se parecía a ninguna otra mujer que conociera, pero como no podía hablar, lo que hizo fue besarla, dejando que su boca hablase de otro modo.

Su orgasmo se acercaba, pero necesitaba que ella le precediera, y cuando sus respiraciones no eran ya más que jadeos frenéticos, hundió de nuevo la mano entre los dos cuerpos en busca de su clítoris. Mia dejó escapar un gemido que sonó vagamente como su nombre justo antes de que sus músculos volvieran a cerrarse sobre él.

Nate aún pudo contenerse para tener ocasión de verla, pero ya no podía más, así que hundió la cara en su hombro y explotó de placer.

Cuando fue capaz de enfocar de nuevo el entorno, se tumbó de lado y la llevó con él.

—Increíble —dijo con las manos.

—Desde luego.

Hizo el mismo signo por segunda vez y ella se echó a reír.

—Quédate —la animó.

—No puedo.

Le costó trabajo no mostrarse desilusionado.

—¿Una hora más?

Mia acabó asintiendo, y aunque no era mucho margen de tiempo, se aseguraría de que la próxima vez que la pidiera que se quedase, rechazarlo le costase bastante más.

Club T's estaba a tope cuando Ivy y tres de sus amigas fueron acompañadas hasta el otro lado de la fila de veinteañeros que esperaban junto al cordón de terciopelo rojo para que los dejasen pasar. Mia siguió al grupo, anónima y nada llamativa con aquel vestido negro sin mangas que se ceñía a su cuerpo pero que dejaba todo lo demás a la imaginación. Por el contrario, Ivy llevaba un pelele de lentejuelas con un pronunciado escote, que dejaba al descubierto sus piernas torneadas por la danza y el yoga.

El grupo dejó atrás la pista de baile y se dirigió a la

zona VIP. En la mesa que les tenían reservada, había vodka, champán y mezclas varias, e Ivy, rodeada por su corte, se dejaba llevar por el ritmo, coreando cada tema que hacía sonar el DJ.

Mia se acomodó en el extremo de un sofá. De pronto se sentía desbordada. Desbordada por el ritmo machacón, por las luces, por la gente acelerada que consumía el oxígeno. Cerró los ojos y deseó poder estar en otro sitio.

Pero alguien la movió por un hombro. Era Ivy, que miraba la mesa frunciendo el ceño.

—¿Has pedido tú esto? Es Grey Goose. Yo quiero Belvedere.

—Siempre tomas Grey Goose.

—Últimamente, no —espetó—. Es que no te fijas.

—Voy a buscar a un camarero para que lo cambien —dijo, alegrándose de poder escapar de allí—. Ahora vuelvo.

Mezclando como mezclaban, dudaba mucho que su hermana fuese capaz de distinguir un vodka de otro, pero muchas veces hacía exigencias de ese tipo para hacer notar que ella era la estrella. Seguramente ella era una de las pocas personas que sabía que lo hacía por inseguridad.

Y precisamente, en aquellos últimos días, estaba más ansiosa de lo normal. Se resistía a admitir la dirección que Nate le estaba imponiendo a su nuevo trabajo, y por eso había recurrido a la niebla de las pastillas. Por eso ella tenía que estar más alerta que nunca. Tenía que llevar a su hermana de la mano todo el tiempo que durase la grabación del álbum y luego podrían relajarse.

Bajó al primer piso en busca del algún camarero cuando de pronto un brazo le rodeó la cintura. Dio un respingo intentando zafarse, pero un aroma a colonia conocido le hizo bajar la mirada a la mano.

–Relájate. Te tengo.

Mil mariposas echaron a volar en su estómago cuando él tiró de ella hacia la pista de baile. Un millar de cuerpos que se movían los empujaron, con lo que quedaron pegados el uno al otro y Nate le hizo darse la vuelta para que quedara apoyada contra su pecho.

–No puedo –contestó, pero sus palabras se perdieron cuando él la besó en el cuello–. Ivy y sus amigas están… por ahí… –murmuró al sentir que rozaba su pezón.

–Te he echado de menos…

«Yo, también a ti», pensó, pero no lo puso en palabras. El temblor que experimentó al recorrerle Nate los costados con las manos le dijo cuanto necesitaba saber.

Antes le molestaba la música y la gente, pero en aquel momento, lejos de Ivy y sus amigos, querría poder perderse en aquella pista de baile durante una hora o dos, moverse con todas aquellas personas al ritmo intenso de la música hasta que le salieran ampollas en los pies y estuviera empapada de sudor. ¿Cuánto tiempo hacía que no se divertía o hacía alguna locura ella sola?

Dos días.

Cerró los ojos un instante, y volvió a la habitación del hotel de Nate, a su cuerpo desnudo pegado al suyo mientras hacían el amor. Puso su mano sobre la de él y con el calor abrasándole las mejillas se acercó más a él.

El cuerpo de Nate se alineaba con el suyo a la perfección, haciendo desaparecer su soledad, quemando sus inhibiciones y haciendo de ella otra persona. Alguien que la excitaba. Alguien llena de emociones intensas de un gozo tan perfecto que la aterraba.

Por eso había roto con él al acabar la gira. Porque no podía ser dos personas. Tenía que elegir, y al final no se había atrevido a ser la persona valiente e impulsiva que era estando él a su lado, escondiéndose en el territorio familiar de ser la asistente personal de Ivy, eficaz e ignorada. Acostarse con Nate en L.A. había sido una locura, pero no lo cambiaría por nada.

Llevaba el teléfono en el bolso y notó que empezaba a vibrar. Con un suspiro, apartó su mano y se dio la vuelta.

–Tengo que irme –dijo, y compuso el signo que significaba lo siento, lo cual no evitó que la irritación transformara su rostro.

–Ivy se estará preguntando dónde me he metido.

–No me importa.

–Lo sé.

Mia tiró de él para sacarlo de la pista de baile. Pensaba dejarlo cerca del bar y volver con su hermana, pero él la siguió escalera arriba. En la primera planta le salieron al paso Kyle Tailor, el tercer socio en Club T's; y Hunter Graves, DJ y productor.

–Tienes compañía –le dijo al ver que se acercaban–. Yo tengo que volver con Ivy.

–Un momento. Antes tradúceme.

Antes de que pudiera negarse, la tomó de la mano y se acercó a los dos hombres. Mia nunca había sido presentada formalmente, pero gracias a Melody conocía la historia que se ocultaba tras el ceño enfadado de Kyle.

–Hola, Nate –fue Kyle quien habló.

Hunter Graves te tendió la mano con una sonrisa.

–Me alegro de verte. Kyle me estaba enseñando todo esto. Tenéis un sitio genial.

Kyle miró el móvil.

–Tengo un asunto que atender –dijo, mirando significativamente a Nate. Estaba claro que quería deshacerse del DJ–. No os importa, ¿verdad?

Nate estrechó la mano de Hunter y miró a Mia tras señalarse la garganta.

–Le han operado de la garganta –explicó, y tendió su mano–. Soy Mia Navarro, su traductora.

–Eres más que eso –dijo Nate en signos.

–Encantado de conocerte. Estoy deseando subirme ahí y pinchar para esta gente –señaló el cubículo que colgaba sobre la pista de baile–. Están echando chispas.

–Nos alegra tenerte aquí –tradujo Mia.

Hunter los miró a ambos.

–Vaya. Iba en serio lo de que eres su traductora. Mola. Vuestro propio lenguaje secreto.

–Ha sido muy útil tenerla en el estudio estas últimas semanas –tradujo–. Tiene una letra horrible –añadió por su cuenta–. No sé qué habría pasado de tener que escribirlo todo.

Hunter se rio y Mia comprendió por qué Melody llevaba tanto tiempo colgada de él. Su sonrisa era contagiosa. Nate le dio con el codo en las costillas.

–Deja de flirtear con él.

–¿Te ha dicho Trent que me interesa reservar unas

sesiones en Ugly Trout? –preguntó, ajeno a su intercambio.

Nate asintió.

–Tengo un par de artistas con los que he empezado a trabajar, y sería una buena idea que vinieran a Las Vegas mientras yo esté aquí.

–Hablando de artistas –dijo Mia–, Ivy está aquí. ¿Qué te parece si vamos a saludarla?

Hunter y su hermana habían flirteado brevemente hacía poco más de un año. Sería el antídoto perfecto para el estrés de Ivy. Hunter era un defensor de la vida sin drogas, y quizás entrar de nuevo en contacto con él la convencería de que debía enviar a Skylar y Riley de vuelta a casa.

–Sería genial verla. Te sigo.

Nate se dio cuenta de inmediato de que Mia se traía algo entre manos, pero no dijo nada y los siguió. Cuando llegaron a la mesa, se hicieron las presentaciones y las amigas de Ivy orbitaron de inmediato en torno al DJ. No solo era carismático y guapo, sino que su red movía números de siete cifras, así que era un trofeo de caza muy cotizado.

Ivy no parecía muy impresionada, pero claro, como era la estrella quería que todo el mundo lo supiera. Pero cuando Hunter le dedicó su mejor sonrisa, ella dio unas palmaditas en el asiento junto al suyo.

–Tuvieron una breve relación y creo que a ella todavía le gusta.

Ya había quedado todo claro.

–Una distracción, ¿no?

Su sonrisa fue la respuesta que necesitaba, y al mismo tiempo hizo nacer una idea. A lo mejor tener a

Hunter en Las Vegas iba a ser una suerte, y que pasara tiempo con Ivy, mataría dos pájaros de un tiro.

La fricción entre Nate y ella en el estudio significaba que el álbum no iba bien. Podía atribuirlo a diferencias artísticas, pero en realidad esa tensión obedecía al modo en que trataba a Mia, y a unas cuantas cosas más de ella que lo irritaban. En cualquier caso, la química entre ellos no era buena.

Había oído muchas cosas buenas sobre Hunter como productor, y sospechaba que le encantaría trabajar con Ivy. Y si no le hacía gracia la idea de ocuparse de su álbum, igual sí se interesaba por ella personalmente.

Segunda razón para emparejarlos. Semanas antes, Trent había firmado un contrato de un año con él como DJ para el Club T's, y le preocupaba que su presencia en Las Vegas pudiera influir negativamente en la relación de Melody y Kyle, ya que habían salido juntos algo más de un año.

Kyle y Trent eran amigos íntimos desde el instituto, y siempre había tratado a la hermana de su mejor amigo como si fuera de la familia, y si Hunter entraba en la foto, Kyle tendría que reaccionar.

Durante un tiempo las cosas habían ido muy bien entre ellos, pero luego Melody había salido de gira y la separación se había cobrado su precio. El colmo fue una noche en que Melody fue pillada por los paparazzi saliendo de un club de Nueva York de la mano de Hunter. Había sido un gesto totalmente inocente. Se habían dado la mano para no separarse en el tumulto, pero su historia común hacía pensar otra cosa.

Viendo que en aquel momento Ivy estaba totalmente absorta en el DJ, Nate tomó a Mia por un brazo y la separó.

–¿Dónde vamos? –preguntó, al ver que se dirigían de nuevo a la escalera.

–A un sitio donde no tenga que contener las manos.

–No debería irme mucho rato.

–Hunter la mantendrá ocupada.

–Veinte minutos.

Nate la condujo al otro lado del club, donde se abría una puerta discreta que daba a un corredor.

–¿Dónde vamos?

–A un sitio en el que nadie pueda interrumpirnos.

Sacó el móvil y escribió a Kyle diciendo que iba a usar su despacho para una reunión privada y que no quería ser molestado. Le había mencionado que se veía con alguien, pero no le había dicho que se trataba de Mia. No es que quisiera mantenerlo en secreto, ya que Melody y Trent lo sabían, pero su relación se estaba resintiendo por lo que estaba ocurriendo entre Kyle y Melody.

No es que hubiera tomado partido por uno de los dos, pero Melody era una persona muy especial para él y no era ella la que se estaba comportando como una idiota. La reacción de Kyle al incidente del club de Nueva York había enfriado un poco su camaradería.

Las relaciones no eran siempre fáciles, pero si se quiere a alguien, hay que confiar, y Kyle parecía más preocupado por guardar su corazón que por abrirlo a Melody.

Y ese iba a ser el último pensamiento que albergase sobre aquel asunto en la próxima hora. Entraron en el despacho de Trent y cerró la puerta. No se molestó en encender las luces. Varios monitores proyectaban imágenes recogidas en distintos puntos del club, lo que proporcionaba luz suficiente para navegar por el despacho y, sobre todo, para localizar el cómodo sofá.

–Y ahora que ya me tienes aquí –dijo Mia, dejando el bolso sobre la mesa–, ¿qué piensas hacer?

¿Estaba de coña? La tomó en brazos, la tumbó en el sofá y comenzó a besarla antes incluso de que ella terminase de quitarle la chaqueta del traje. Menos mal que no llevaba corbata y que pudo desabrocharle rápidamente los botones de la camisa gris oscuro que llevaba, y oyó que a duras penas contenía un gemido al deslizar las manos por sus abdominales primero y por su espalda después.

Fue recorriendo su cuello y su hombro con los labios, y como el vestido se cerraba en la espalda con una cremallera, maldijo no habérselo quitado antes de tumbarse en el sofá. Deslizó una mano por su muslo y la oyó gemir cuando alcanzó sus braguitas y tiró de ellas. Con un poco de ayuda, le quitó la prenda y fue la propia Mia la que se subió la falda del vestido.

Sonriendo al verla así, Nate se colocó entre sus piernas y hundió la cara en su zona más íntima. Todo en aquel momento era perfecto: desde su sabor hasta los dulces sonidos de placer que se escapaban de sus labios a medida que iba llevándola al borde del deseo. Sintió que lo agarraba fuerte del pelo y que arqueaba la espalda, y suspiró su nombre cuando hundió dos dedos entre sus pliegues al mismo tiempo que llegaba al clímax. Siempre le había sorprendido la duración y la intensidad de sus orgasmos, y lo único con lo que disfrutaba más que con verla correrse era con estar con ella cuando ocurría.

–Ha sido… –murmuró, floja–. Dame un segundo y te devuelvo el favor.

Nate sonrió mientas se quitaba la ropa, se ponía un preservativo y volvía al sofá. Mia había estado observándolo todo el tiempo, como una gata satisfecha.

–Eres magnífico, ¿lo sabías? –le dijo, tumbado él boca arriba y ella a horcajadas sobre él.

–Tú también lo eres, pero me gustas más desnuda –respondió, y tiró de la cremallera del vestido que, junto con el sujetador, acabó en el suelo–. Mucho mejor así.

Mia tomó su pene con la mano y antes de que él pudiera reaccionar en modo alguno, se lo introdujo y se agachó a besarlo con una ternura que a Nate el corazón estuvo a punto de parársele.

–No –le corrigió ella–. Esto sí que es mucho mejor.

–Me doy por corregido.

Riendo, comenzó a moverse, y al instante ya no hubo necesidad de palabras.

Capítulo Siete

Cinco días después de aquella noche épica en el Club T's, Mia decidió que debía hacerse ya la prueba de embarazo. Aunque no era raro en ella que alguna regla le fallase en periodos de mucho estrés, o si andaba viajando por ahí con Ivy, habían pasado ya dos meses desde aquella noche en Sídney, y era más que hora de sacar la cabeza de la tierra.

En parte estaba de acuerdo con aquel dicho de lo que no se sabe no puede hacerte daño, pero con cada día que lo iba posponiendo, la preocupación la consumía, y no lograba discernir si las molestias que tenía en el estómago eran náuseas matinales, pura ansiedad o un poco de ambas cosas. Y ya era hora de tomar el toro por los cuernos.

Era la mañana de los premios AMA e Ivy tenía programada una videoconferencia a las ocho y media. En cuanto su hermana se colocó los cascos, Mia salió corriendo a la puerta, compró la prueba de embarazo y volvió al estudio de televisión. Aunque hacerse la prueba en los lavabos del edificio no era lo ideal, era mejor que llevarla a casa.

Faltaban diez minutos para que Ivy terminara. Menos mal que tenía la vejiga llena y en tres minutos tendría los resultados.

Se sentó en el inodoro a esperar, cerró los ojos e intentó aclarar el lío de emociones que sentía por dentro. ¿Cuál quería que fuese el resultado?

¿Embarazada? La alegría de imaginarlo la llenó como una nota de cristal puro perfectamente emitida. Pero la ansiedad la siguió de inmediato, ahogando la felicidad. Si se había quedado embarazada, su vida como la conocía se habría acabado, y cuando su hermana se enterase de quién era el padre, seguramente se quedaría también sin ella.

¿Y si no lo estaba? Sintió una mezcla de alivio y desilusión. Todo sería más fácil, sí. No tendría que cambiar absolutamente nada en su vida.

¿Pero qué quería en realidad? ¿Cuánto tiempo iba a seguir siendo la asistente de Ivy? ¿Cumpliría los cuarenta o los cincuenta y continuaría pegada a su hermana por todas partes? Facilitándoselo todo. Soportando sus inseguridades. Sin marido, ni hijos y un puñado de amigos.

Los ojos se le llenaron de lágrimas, pero respiró hondo para contenerlas. Un bebé lo cambiaría todo. Sería fácil que su hermana entendiera que elegía a su hijo por encima de ella. La carga de culpa que sus padres habían echado sobre sus hombros perdería buena parte de su peso.

Nunca habían durado tanto tres minutos. Cuando el cronómetro que había puesto en marcha llegó a cero, descubrió que era incapaz de mirar el lápiz. Permaneció sentada, con el lápiz boca abajo. En realidad, no necesitaba ver la respuesta. Ya la sabía. Estaba embarazada. El teléfono vibró en aquel momento, sobresaltándola, y la prueba se le cayó al suelo, boca arriba.

Embarazada, se leía claramente. Una risa histérica le subió por el pecho. Toda su vida acababa de cambiar dentro del baño de una emisora de televisión. Recogió la prueba, la guardó en el bolso y salió justo cuando se oían voces entrando en los lavabos.

Skylar y Riley estaban allí, retocándose el maquillaje que ya estaba perfecto. La clave para poder ser amiga de Ivy era ser guapa pero sin serlo demasiado. Nadie podía hacerle sombra a Ivy Bliss.

Ese nunca había sido su problema. Por las mañanas apenas tenía tiempo de nada más que de ducharse y cepillarse los dientes. Puede que un poco de máscara de pestañas y brillo de labios. Para vestir, su uniforme de pantalón negro ajustado y cualquier blusa. Como adorno, unos pendientes de brillantes que le regalaron cuando cumplió los dieciséis.

–¿Qué hacéis aquí? –preguntó, acercándose al lavabo para lavarse las manos y sin mirar a los ojos a ninguna de las dos.

–Hemos venido a pasar el día con Ivy y a ayudarla a prepararse para los AMA.

–No necesita que la ayudéis –replicó, sin esforzarse por ocultar su impaciencia. Ya estaba harta de las dos–. Ivy tiene un equipo de profesionales que se ocupan de eso.

–Quiere que lo hagamos nosotras –replicó Skylar.

–Nos pidió que viniéramos –apostilló Riley.

Mia no tuvo ocasión de responder porque la puerta se abrió y entró Ivy. Miró a sus amigas y luego a su hermana.

–¿Qué haces aquí? –preguntó, frunciendo el ceño–. Te he buscado por todas partes.

–Explicarles a las dos que no las necesitas hoy pululando a tu alrededor.

Ivy compuso un mohín.

–Las invité yo.

–Tienes que centrarte en lo de esta noche –Mia miró a Skylar–, y te van a distraer. Vamos. Jennifer estará en casa dentro de una hora para el masaje, e Ivonne y su equipo llegan a las once.

–Enseguida –contestó, y se acercó a una de las puertas de los inodoros–. ¿Puedes ir a buscar el coche? Estos zapatos me están matando, y no me apetece ir andando hasta el aparcamiento.

–Vale.

Mia no quería discutir con su hermana. Estaba demasiado entusiasmada con sus propios planes para aquella noche. Nate se había esforzado por lograr que la experiencia de acudir a los AMA fuese especial. Había reservado una suite para ella en su mismo hotel, y su estilista estaría en su habitación a las dos en punto con una diseñadora y todo lo necesario para prepararla para la ceremonia.

Diez minutos después, iban las dos en el coche hacia casa de Ivy.

–¿Qué tal la entrevista?

–Bien. ¿No te has quedado a verla?

–Tenía que hacer un recado.

Ivy bostezó.

–Estoy muerta. ¿Puedes parar a por un café triple? Necesito algo que me despierte.

–Claro.

Mia no le dijo que tanta cafeína no iba a sentarle bien, porque si alguna vez iba a empezar a cuidarse sola, tendría que empezar a dejar de tomar todas las decisiones por ella.

–¿Algo más? –preguntó, aparcando frente a la cafetería favorita de su hermana y sacando el monedero.

–Uno de esos rollitos de arándanos.

–¿El de chocolate blanco?

Ivy asintió. Tardó un poco. Había bastante gente.

–No tenían de chocolate blanco, así que te lo he comprado de naranja.

Colocó el café en el soporte de bebidas y le dio la bolsa con el dulce.

Ivy la recogió sin levantar la mirada del teléfono. Estaba pasando fotos como si su hermana no hubiera hablado. El cambio de humor no era inesperado. Ivy odiaba que la hicieran esperar.

–Mi álbum lo va a producir Hunter –espetó cuando hubieron aparcado.

–¿Qué? –Mia la miró sorprendida–. ¿Estás segura de que es buena idea? Sé que ha tenido cierto éxito, pero al mismo tiempo es muy nuevo en el negocio. Y el sello espera que Nate esté involucrado.

–No me gusta la dirección que Nate le está dando a mi álbum. Quiero hacer las cosas a mi manera.

A veces, lidiar con Ivy era como estar permanentemente entre la espada y la pared. Parte de su trabajo era mantenerla contenta, pero la otra parte resultaba bastante más complicada, y consistía en mantener la trayectoria de la carrera de su hermana.

–Claro. Pero al mismo tiempo tienes que considerar lo que sea mejor para tu carrera.

–¿Es que piensas que no sé lo que es mejor para mi carrera?

–No. Claro que no.

Mejor una retirada a tiempo.

Ivy bajó del coche, entró en casa y se metió en su cuarto sin decir una palabra más. Mia habló con el ama de llaves, Clara, preparó su bolsa y se marchó. Estaba demasiado entusiasmada con sus propios planes para quedarse y dejar que el mal humor de Ivy le echase a perder el resto del día.

Había reservado en un spa como regalo especial para sí misma. Iba a hacerse un tratamiento facial, pedicura y manicura para ponerse del mejor humor para el evento, y varias horas después, relajada y fresca, se encaminó a la suite que Nate había reservado para ponerse en las capaces manos de Patricia.

Aunque había visto a Ivy docenas de veces prepararse para diferentes entregas de premios, fue ver el vestido y le entraron ganas de llorar.

–¡Es lo más bonito que he visto nunca!

Patricia sonrió.

–Me alegro de que te guste. Cuando Nate me habló de ti, supe inmediatamente que este vestido iba a ser prefecto. El estampado floral es tan potente que creo que todo lo demás debería ser sencillo.

Patricia le dijo a la peluquera que le hiciese un recogido elegante. Utilizaron un maquillaje ahumado para los ojos y un carmín rosa que le acentuaba las facciones a Mia.

Cuando terminaron, le pareció que estaba incluso presentable para la alfombra roja. Y no es que fuera a entrar junto a Nate. A eso se había negado. Tenía que entrar con los de su banda, y su presencia suscitaría las preguntas de los medios.

–Estás fantástica –la alabó Patricia una vez se hubo calzado unas sandalias brillantes–. Sé de varias que matarían por tener ese escote.

Mia se rozó el estómago con la mano al mirarse en el espejo. El escote del vestido le llegaba hasta la cintura, pero resultaba elegante en lugar de sexy.

–Estoy segura de que nunca volveré a llevar algo tan precioso –dijo. El vestido le sentaba como si se lo hubieran hecho a la medida–. ¿A qué hora se volverá polvo de hada?

Patricia se rio.

–Entonces, ¿yo soy tu hada madrina?

–Has tenido que hacer algún truco de magia para que yo me vea así de bien.

–Te subestimas, aunque supongo que es difícil verse guapa estando siempre al lado de Ivy Bliss.

–No me comparo con ella –contestó sin acritud–. Eso ya lo hacen todos los demás.

–Pues yo sé de alguien que no, y es Nate. Tú eres su estrella.

Veinte minutos después, un coche la llevaba a la gala. Había seguido el día de su hermana por las redes sociales y parecía esperar con entusiasmo a que llegase el evento. Había ido dando pistas de su vestido. Era algo que le gustaba mucho hacer, puede que tanto como cantar. De hecho, hablaba constantemente de sacar una línea de ropa y hacía bocetos en su tiempo libre.

Decidida a que el día no empeorase con su hermana, la escribió preguntándole si le gustaba el vestido, pero Ivy no contestó.

Decidió llegar antes para no hacerlo con todos los medios preparados a disparar sus preguntas. Pudo hablar con algunos de los periodistas que conocía, y si les sorprendió verla pisar sola la alfombra roja, no lo dijeron.

Una vez dentro del teatro, varios productores que debían saber que había estado trabajando con Nate, le preguntaron sin estaba escribiendo y produciendo. Mantuvo sus respuestas vagas, pero cuando se sentó, tuvo una curiosa sensación de pertenencia.

Era una sensación emocionante, pero rápidamente la refrenó. No era libre de perseguir sus sueños. No mientras Ivy la necesitara. Pero la pregunta de Nate seguía rondándole por la cabeza. ¿Cuánto tiempo más iba a tener en suspenso su vida propia para cuidar de la de su hermana? Además, dentro de siete meses, su vida daría un vuelco. Embarazada. ¿Cómo reaccionarían los demás? ¿Y cómo lo haría Nate?

Cegado por los flashes de las cámaras, Nate intentó apaciguar la irritación que sentía al pisar la alfombra roja con el resto de miembros de Free Fall. Aunque había convencido a Mia de que lo acompañase al evento, no había logrado que accediera a caminar a su lado ante la prensa. Aún no la había visto.

Detrás de ellos, Ivy posaba y hacía mohines a las cámaras. Para aquella velada había abandonado la cola de caballo que era marca de la casa, sustituyéndola por un moño que encajaba con el vestido de baile rojo de corte romántico que llevaba y que era una superposición de capas de gasa. Adornaba el cuello y la cintura con flores de tela, y el rojo intenso del tejido realzaba su piel morena.

Después de un lapso de tiempo que a él se le hizo muy largo en el que firmaron autógrafos a sus fans y se hicieron fotos con ellos, entraron al teatro para ocupar sus asientos. Vio a una mujer acomodada en la fila de asientos reservados para Free Fall con un moño en la nuca. Toda la tensión que había ido acumulando se disipó al ver que se trataba de Mia, y cayó en la cuenta de que había estado temiendo que no se presentara.

Miraba hacia delante muy concentrada, como si permaneciendo inmóvil fuese a lograr pasar desapercibida. Pues se equivocaba de lado a lado. Para empezar, llevaba un vestido que era exactamente el polo opuesto al de Ivy. Llevaba un largo escote desde el cuello a la cintura, pero el resultado era elegante con aquellas flores de vivos colores sobre blanco, que transmitían una sensación de intensa feminidad.

Su expresión se suavizó al verlo llegar. Estaba perfecta. Y olía maravillosamente. Esto lo notó al sentarse a su lado.

—Estás preciosa –le dijo con signos.

—Tú también estás estupendo –contestó, y miró a sus compañeros–. ¿Estáis nerviosos, chicos?

—Qué va –contestó Mike, que era quien tocaba los teclados en la banda y que llegaba acompañado de su esposa.

El bajo, Dan, había acudido solo. Su esposa estaba

embarazada y casi a punto de dar a luz, así que había decidido quedarse en casa.

–Pues yo sí –contestó.

–Más o menos –dijo el batería, Brent, que se hacía acompañar de una despampanante rubia con un mini-vestido de lentejuelas.

Nate se sentó junto a ella y tomó su mano. El peso que había estado sintiendo toda la tarde desapareció de sus hombros.

–¿Has visto a Ivy? –preguntó Mia, que parecía un poco nerviosa.

–Estaba detrás de nosotros en la alfombra roja.

–¿Cómo estaba?

–Guapa como siempre. Lleva un vestido rojo.

–Sí, lo he visto un poco en Instagram. El estilo es distinto al habitual, y creo que estaba un poco nerviosa.

Mia parecía una niña en Disneyland: soltó un gritito cuando Taylor Swift pasó hacia delante y se quedó con la boca abierta cuando Luke Bryan le guiñó un ojo.

–Es distinto estar sentada aquí, entre ellos –explicó al ver que él la contemplaba sonriendo–. No tengo que ser profesional.

Seguramente se refería a poder ser invisible. Había aprendido a embotellar todas sus emociones, tanto buenas como malas. Ya se había dado cuenta en la gira. Habían estado el uno junto al otro tres semanas antes de que notase que le gustaba tanto como ella a él.

–Son solo personas, como tú y como yo. Me alegro mucho de que hayas venido esta noche.

–Yo también.

Pero había cierta duda en su respuesta.

Debía seguir preocupada por Ivy, y su opinión al respecto estaba dividida. Por un lado le irritaba el control que ejercía sobre ella su hermana, pero por otro empatizaba con Mia. Sabía de primera mano el efecto que podía sentirse de que tu propia familia te presionara. Su padre nunca había tratado a su mujer o a su hijo como si le importasen. En un día bueno, se sentaba delante de la televisión y los ignoraba. En uno malo, se comunicaba con los puños.

La música comenzó y Mia se acurrucó un poco más cerca. ¿Le preocupaba quizás que su hermana pudiera montarles una escena si los veía juntos? ¿Qué iba a tener que pasar para que saliera de debajo de la bota de Ivy?

No tener que preocuparse por actuar resultaba agradable. Solo tuvo que separarse de ella cuando el programa llevaba poco más de media hora y fue su turno de subir al escenario con Free Fall para presentar a los nominados como Mejor Artista Country.

Qué ganas tenía de que terminase la gala para poder irse a la fiesta y pasar un rato en la pista de baile con ella en los brazos. Dado que era su cita oficial, no iba a poder utilizar la presencia de su hermana como excusa para mantenerlo a una vara de distancia como había hecho durante la gira.

Pero subestimaba a Ivy.

Cuando fue su turno para subir al escenario, quedó claro que algo no iba bien. Nate dudaba que la gente en general se diera cuenta, pero él la había visto actuar muchas veces y parecía ligeramente por detrás de la música. Además, daba la impresión de que caminaba en lugar de bailar. Mia se incorporó en su asiento, preocupada.

–¿Qué le pasa?

Mia contestó negando con la cabeza, pero ya la conocía lo bastante como para saber que no le estaba diciendo la verdad.

–¿Está borracha?

Ella la miraba sin pestañear. Parecía no estar escuchando sus preguntas, pero un minuto después volvió a negar con la cabeza.

–Puede que haya tomado algo –contestó, y parpadeó rápidamente. El brillo de sus ojos era por las lágrimas–. Tengo que subir al *backstage* y estar ahí cuando termine.

–Vamos los dos.

No iba a permitir que saliera corriendo sin él. Igual no volvía.

–No puedes irte en mitad de la ceremonia.

Pero ella sí. Era su forma de enfatizar la diferencia entre el estatus de ambos. Ella era una invitada anónima y él, una celebridad. Nate estaba empezando a cansarse de todo eso.

–Habla con tu padre. Él es su mánager. Que se ocupe él.

–Lo llamaré cuando esté ahí.

Nate maldijo entre dientes. Ivy se las pintaba sola para preocupar a su hermana cuando se lo estaba pasando bien. Fue a darle la mano, pero ella la apartó.

–Vuelvo en un rato.

Cuando el tema terminó y la gente aplaudía, Mia se escabulló, y dejó a Nate preguntándose si volvería a verla antes de que la velada concluyera.

Capítulo Ocho

Era poco después de medianoche cuando Nate volvió al hotel sin su acompañante. No le sorprendió demasiado que Mia no apareciera después de haber ido a ver a su hermana. Por lo menos le había enviado varios mensajes en los que le decía que estaba esperando que apareciera su padre.

En aquel momento sonó un aviso en su teléfono y la pantalla se iluminó.

Estoy en el hotel. Siento lo que ha pasado.
                                                    Mia

La tensión que había venido soportando se suavizó un poco al escribirle para contarle que él también estaba en el hotel e invitarla a ir a su habitación. Ya era hora de que tuvieran una conversación seria sobre lo que había entre ellos y qué rumbo iba a tomar su relación. Necesitaba saberlo.

Llamaron despacio a la puerta y cuando la abrió era Mia, que venía con un tarro de su helado favorito y dos cucharas.

—¿Para qué es eso?

—Las chicas siempre tomamos helado después de una desilusión gorda.

¿A qué desilusión se referiría? ¿A que Free Fall no

109

hubiera ganado en su categoría o a que su hermana les hubiera estropeado la velada?

–Yo no soy una chica, y no me importa que hayamos perdido.

Le quitó el helado de las manos y la invitó a pasar.

–Pues yo sí soy una chica, el helado es para mí, y he pensado que podíamos compartirlo.

Fue a echarle mano al envase, pero él lo apartó.

–Es mi favorito –dijo, acomodándose en el sofá–. ¿Por qué quieres sobornarme?

–Porque estás enfadado conmigo.

–No lo estoy.

–Mentiroso –le acusó, y se sentó también–. Siento haber estropeado la noche.

–Ha sido tu hermana, no tú.

–No debería haberme ido.

En cinco minutos había logrado disipar su enfado y despertar su empatía. Allí estaba él, compadeciéndose, y ella era la que había tenido que olvidarse de sí misma para cuidar de Ivy.

–¿Cómo es que no me habías dicho que tu hermana tiene un problema con las drogas?

–Es que no lo tiene.

Que intentara evadir la pregunta le molestó, no solo porque le estuviera ocultando un secreto, sino porque Trent y él estaban invirtiendo un montón de tiempo y dinero en ella y, si había un problema, tenía que saberlo.

–¿Crees que no veo lo que pasa? Te olvidas que yo he pasado por ello.

Mia no lo miraba a los ojos.

–Lo sé, pero tú conseguiste salir e Ivy también podrá hacerlo.

–¿Quién lo sabe?

–Solo la familia más cercana.

–¿Cuánto tiempo hace que está así?

–Empezó cuando le hicieron la cirugía estética a los diecisiete. Se enganchó a los analgésicos. Se pasaba la vida en Broadway y yo estaba en último curso de instituto en L.A. Nadie lo sabe, solo mis padres y yo, pero estuvo a punto de morir de sobredosis. Fue entonces cuando decidí hacerme su asistente. Para tenerla vigilada.

–Pero han pasado ocho años –por lo menos eso explicaba tanta dedicación a su hermana–. ¿Cuánto tiempo esperan que sacrifiques tu vida por la de Ivy?

No respondió a su pregunta.

–No siempre hace las mejores elecciones. Me preocupa que pase tanto tiempo con Riley y Skylar. De ellas es más probable que la metan en líos a que la ayuden.

–¿Ahora cómo está?

–Desde lo de Nueva York, ha estado casi todo el tiempo limpia.

–¿Casi?

–Tuvo una recaída hace un par de años.

–En la gira no me pareció que estuviese tomando nada.

–Y no lo hizo. Es por el álbum. Le está costando mucho, pero la verdad es que no sé qué ha pasado hoy. Le encanta actuar.

Nate tenía una ligera idea.

–Es porque tú estás conmigo. A tu hermana le encanta estropeártelo todo.

–Eso no es cierto.

Hubo una pausa.

–¿Sabe tu padre lo que está pasando?

–Antes sí, pero esta vez, no.

–Deberías decírselo. Es su hija –por una vez estaría bien que actuase como padre, olvidándose de ser su representante–. Esto podría arruinar mucho más que su carrera.

Mia bajó la mirada. Se la veía muy angustiada. Durante la gira había tenido la ocasión de observar la dinámica de la familia, y tenía la sensación de que había mucho más.

–¿Qué?

–Que me culparán a mí –se inclinó hacia delante y llenó de helado la cuchara–. Bueno, no exactamente así. Lo que pasa es que se supone que debo vigilarla, y he estado… distraída.

Le pareció que la sonrisa que le dedicaba era algo temblorosa, y el corazón le dolió.

–¿Por qué permites que te hagan esto?

–Porque es mi hermana, y soy…

–¿Responsable de ella?

Él no tenía hermanos y no entendía la conexión que había entre ellas dos, que además eran gemelas.

–¿Dónde está el punto final? –preguntó descorazonado, consciente en aquel momento de que su plan para independizar a una hermana de la otra había estado condenado al fracaso desde el principio–. ¿Cuándo vas a poder vivir tu propia vida?

–No lo sé.

Su madre había pasado mucho tiempo con un abusador y había acabado magullada y herida, pero las cicatrices de Mia iban por dentro.

–¿Te has preguntado alguna vez qué le debes?

–Sé que piensas que no le debo nada, y puede que sea así, pero sé que si la dejo y volviera a ocurrirle algo, no podría perdonármelo.

Era imposible deshacerse de esa clase de chantaje emocional. Ojalá fuera capaz de hacerle ver lo que le estaban haciendo. O quizás ya lo viera. A lo mejor su modo de soportarlo era fingir que no le importaba.

Por encima de todo quería protegerla de ella misma. Él sería su paladín si se lo permitía, pero no podía arrancarla de una situación como aquella. A diferencia de aquella ocasión en que se interpuso entre sus padres y logró arrebatarle a su padre el cuchillo que blandía, el peligro que corría Mia era intangible, pero no menos directo.

–¿Cuánto tiempo más vas a poder soportarlo? Seguir a Ivy a todas partes, impedir que se meta en líos, satisfacer todos sus caprichos… ¿cuándo vas a vivir tu propia vida?

Le había hecho esa misma pregunta varias veces durante la gira, y Mia siempre le había contestado lo mismo:

–Es lo que necesito hacer en este momento. Una vez salga el nuevo álbum y cuando sea un éxito, tendré más opciones –su mirada era de súplica–. Le prometí a mis padres que la cuidaría porque ella no sabe cuidarse sola y la gente se aprovecha, que es lo que Riley y Skylar están haciendo ahora mismo.

–Dices que la dejarás cuando salga este álbum, pero ¿y si te necesita más que nunca?

Que no le contestase de inmediato fue revelador.

–Sabes que estoy de tu parte, ¿no?

–Sí.

Pero su respuesta le hizo pensar si de verdad quería que lo estuviese o si su presencia en su vida le generaba más problemas. ¿Cómo podía ser?

–¿Y adónde nos conduce todo esto?

–Necesito tiempo para aclararlo todo.

–¿Cuánto?

Él se tenía que volver a Las Vegas al día siguiente, pero detestaba la idea de dejarla allí sola.

–Mis padres van a ver a Ivy mañana. Sabré más entonces.

–¿Vas a volver a Las Vegas?

–Prometí ayudarles con la cena de Acción de Gracias. Podremos hablar entonces.

A la mañana siguiente, Mia llevó a Nate a una revisión con el doctor Hanson y luego al aeropuerto. Se había llevado una alegría al saber que todo iba muy bien y que Nate podría volver a hablar, pero iba a echar de menos ser su voz. Que la necesitase para traducirle era una excusa magnífica para pasar tanto tiempo con él. Ahora iba a tener que dejar su relación al descubierto y enfrentarse a la desaprobación de su hermana.

Cuando llegó a casa de Ivy, vio el coche de su madre aparcado en la entrada, y se acercó a la puerta con una sensación incómoda en el estómago. Desde que la carrera de su hermana despegó, Sharon Navarro había pasado de ser un ama de casa normal que había educado en casa a sus tres hijas y que compraba en tiendas baratas a una mujer de mediana edad que vestía siempre de marca y que llevaba las manos cuajadas de brillantes. A pesar de lo que debía haber sido una noche de preocupación por Ivy, su madre parecía lista para irse a comer a un restaurante.

–¿Cómo es que estás aquí? –le preguntó nada más verla–. ¿Ivy está bien?

–Está bien. ¿Dónde has estado tú?

–En el hotel. Ya se lo dije a papá. Tenía que devolver el vestido.

–¿Y te has quedado?

–Papá estaba aquí. Ivy no nos necesita a los dos –respondió en tono beligerante–. Tenía la noche planeada.

Increíblemente estaba hablando como su hermana.

–¿Quieres decir que te fuiste a la fiesta después de dejar aquí a tu hermana?

–No, claro que no –la noche la había pasado con Nate charlando y haciendo el amor hasta el amanecer–. Solo quería puntualizar que tenía mis propios planes, y en ellos no estaba incluido que mi hermana se tomara lo que se tomase e hiciese el ridículo en directo.

–¡Mia! Tu hermana trabaja muy duro y soporta mucha presión.

Una furia ciega se apoderó de ella al pensar en la noche mágica que se había perdido. Era su oportunidad de aparecer con Nate en público como pareja. Bailar y disfrutar sin pensar por un solo momento en su hermana.

–Lo estropea todo.

–Y nos mantiene a todos.

–Es posible, pero puede que yo ya esté cansada de que me mantenga. A lo mejor ha llegado el momento de que me mantenga yo sola.

¿Desde cuándo estaba tan resentida? ¿Cómo no se había dado cuenta de que cada día que tenía que actuar como ayudante de su hermana se le hacía más cuesta arriba que el anterior? El hecho de que Nate no se cansara de mostrarle lo mal que la trataba su hermana no ayudaba mucho, desde luego.

Su madre dio un paso atrás.

—No puedes darle la espalda a tu hermana. Ya sabes que no es lo bastante fuerte como para hacer esto sola.

—No le estoy dando la espalda —toda la energía la abandonó. Dijera o hiciese lo que hiciera, no iba a ganar aquella batalla en la que todo se reducía al final a la culpa y la responsabilidad—. Es mi hermana y la quiero, pero toda mi vida gira en torno a ella y quiero tener algo que sea solo mío.

—Te refieres a tus composiciones. Hablaré con tu padre. A lo mejor en el próximo álbum de Ivy pueden aparecer algunos temas a tu nombre.

—No me refiero a eso.

Pero su madre no la estaba escuchando. Involuntariamente se tocó el vientre y pensó en el bebé que crecía dentro. Aquel no era el momento de hablar con su madre y, además, antes tenía que hacerlo con Nate.

Lo que necesitaba en aquel momento era dormir. Las últimas veinticuatro horas habían sido una montaña rusa y se sentía exhausta.

—¿Podemos hablar de todo esto más tarde? Estoy agotada. ¿Te vas a quedar?

—No. Tengo una reunión en la fundación.

Sharon Navarro llevaba la Fundación Ivy Bliss, un programa que ayudaba a niños de pocos recursos con problemas auditivos. Para ella era un proyecto muy querido por la pérdida de audición de su hija mayor cuando tenía dos años.

—¿Dónde está papá?

—Reunido con Trent Caldwell para hablar del álbum. Al parecer va a terminar grabando con Hunter Graves —se colgó el bolso—. Luego vendrá.

—Así que estoy yo sola para vigilarla.

—No sé qué te pasa últimamente. Antes te alegraba el éxito de tu hermana.

—Y sigue alegrándome, pero es que se ha vuelto una persona muy distinta y a veces ni siquiera la reconozco.

—Es una estrella —sentenció su madre, como si eso lo explicara todo.

Sobrecogida por la derrota, Mia vio marcharse a su madre antes de subir a su habitación. Entró, cerró la puerta y miró a su alrededor. Aparte de la ropa que tenía en el armario, nada le pertenecía. Dejó la bolsa en el suelo y se tumbó en la cama con la mirada en el techo.

No recordaba haberse sentido nunca tan sola a pesar de que nada había cambiado en su situación. Hasta entonces, su trabajo como asistente de Ivy le había impedido formar amistades duraderas y había interferido con los hombres con los que había intentado salir. Pero ahora había vislumbrado cómo podía ser la vida. Una carrera como productora musical. Amistad con Melody, Trent y Savannah. Una relación con Nate. La maternidad.

Cerró los ojos. Estuviera preparada o no lo estuviera, todo iba a cambiar.

***

Nate se sorprendió cuando quien se presentó a recogerlo en el aeropuerto de Las Vegas fue Kyle y no Melody. Al acomodarse en el asiento del pasajero del reluciente BMW descapotable, miró a su socio y lo vio tan agotado y triste como él se sentía.

—No esperaba verte.

—Melody me pidió que viniera a buscarte. Parece que tenía una pequeña posibilidad de contar con Hunter en su álbum... —se interrumpió de golpe—. ¡Eh! ¡Pero si ya puedes hablar!

—El médico me ha dado permiso, pero me ha dicho que no abuse. Entonces, ¿Melody y tú os habláis otra vez?

—Si por hablar se entiende un mensaje de texto diciendo que estaba atascada en el estudio y que si podía ir a buscarte...

—Tenéis que sentaros y hablar. ¿Por qué no venís a celebrar Acción de Gracias?

Ya le había invitado antes y Kyle lo había rechazado.

—No quiero estropearos el día.

—No vas a estropear nada —lo único que podía estropeárselo sería que Mia no se presentara—. Cuanto más tiempo pase sin que habléis, más difícil va a ser la reconciliación.

—¿Y si no estamos bien juntos?

Era la misma pregunta con la que él había estado batallando aquellas últimas semanas.

—Melody y tú os queréis —contestó, y en menos de seis meses iban a ser padres, tanto si estaban preparados como si no—. Encontrarás el modo de solucionarlo. Tú piensa por qué te enamoraste de ella.

–Pero es que la he liado de verdad acusándola de engañarme con Hunter.

Kyle siempre había salido con muchas mujeres sin llegar a comprometerse con ninguna, y eso le había hecho pensar mal.

–¿Te has preguntado por qué?

–Muchas veces. Así acabamos juntos: porque ella pretendía darle celos a Hunter. Pero eligió al tío equivocado.

No le parecía que fuera esa la raíz del problema, sino el miedo a entregarse a los intensos sentimientos que Melody despertaba en él. El amor podía ser algo grande y temible. Que se lo dijeran a él.

–¿De verdad crees eso?

–En la foto que les tomaron en Nueva York se la veía tan feliz… hace meses que no la veo así conmigo –hubo un largo silencio–. Estoy seguro de que pasa horas con él. La va a recuperar –sentenció–. Si es que no lo ha hecho ya.

–¿Y entonces? ¿Vas a rendirte?

–Yo no he dicho eso.

–Pues a mí me ha sonado a eso.

Kyle no encontró qué decir. Ojalá el problema con Mia fuera solo una estúpida foto.

–Estáis actuando como un par de idiotas. Las cosas entre vosotros han ido muy deprisa, pero no es motivo para echarse a temblar. No seas tan cerril, dile que la quieres y haz que se lo crea.

Kyle siguió en silencio un rato. Luego, al llegar a la calle de Nate, dijo:

–Acción de Gracias, ¿eh? ¿A qué hora tengo que estar?

–La cena es a las cinco, pero puedes venir cuando quieras. Trent y Dylan van a venir pronto para el partido de los Vikings contra los Lions. Savannah y Melody vendrán después.

–¿Puedo llevar algo?

Nate sonrió.

–Solo tu mejor comportamiento. Mia y yo pondremos el resto.

Veinte minutos más tarde, en su propio coche ya, Nate aparcaba en el estudio. La recepcionista lo saludó al verlo entrar y él se pasó por un par de estudios para ver cómo iban las cosas. Encontró a Melody en el C con Hunter en los teclados.

Nada más verlo, Melody se levantó y fue a abrazarlo.

–Gracias por enviar a Kyle a buscarme.

–Siento el cambio, pero Hunter tenía un par de horas libres hoy para ayudarme. ¡Oye, ya puedes hablar! –sonrió–. Pero no te fuerces.

–No lo haré –respondió, y miró a Hunter–. ¿Qué tal va su álbum?

–Tiene temas increíbles. Tendremos que ir escogiendo –dijo, y la miró de un modo que a Nate le dio mala espina–. Puede que tardemos un poco.

A lo mejor Kyle tenía razón en estar preocupado, no solo porque Melody se estuviera enamorando de nuevo de su ex, sino porque la mirada de Hunter se volvía posesiva con ella.

–Espero que no sea mucho. Me gustaría tenerlo listo a comienzos del año que viene.

–Pondré en ello toda mi energía –respondió mirando a Melody–. Pero ahora me tengo que ir. ¿Te apetece que cenemos juntos?

–Vale.

–Te recojo a las seis.

Cuando Hunter salió, Nate se volvió a mirar a Melody.

–¿Qué demonios está pasando entre vosotros dos?

–Nada. Solo somos amigos.

–¿Y Kyle?

Melody jugó con su móvil.

–Kyle y yo necesitamos darnos espacio.

–Eso es lo último que tú necesitas. ¿Te has olvidado de que vais a ser padres? ¿Cuándo tienes pensado contarle lo del bebé? Lo he invitado a cenar para Acción de Gracias. Estarás rodeada por la familia y podremos apoyarte. Piensa en decírselo entonces.

–¡Pero si solo faltan dos días!

–Cuanto antes, mejor.

–Veremos… ahora cuéntame qué pasó con Ivy en los AMA. Parecía completamente ida.

–Al parecer lleva ocho años saliendo y entrando de una adicción a los calmantes, y hace poco ha sufrido una recaída. Mia se ha quedado con ella a ver cómo manejar la situación.

–Trent se reúne hoy con Javier –dijo Melody, preocupada–. ¿Crees que querrá posponer el álbum?

–No sería mala idea dejarlo para el año que viene. Necesita centrarse en volver a estar limpia –recordó cómo había caído él en el pozo sin fondo de la droga y el alcohol, y sintió lástima por Ivy–. Voy a ver si trabajo un poco –dijo, y la besó en la frente–. Piénsate un poco lo que te he dicho sobre Kyle y sobre ti antes de irte a cenar con Hunter, ¿vale?

Melody asintió y Nate salió para dedicarse a su música y a pensar cómo narices enfocar lo de Mia.

El martes por la tarde Mia estaba en su dormitorio de la casa que Ivy tenía en L.A. buscando recetas para hacer la lista de la compra para la cena de Acción de Gracias con Nate y sus amigos cuando la puerta se abrió de pronto y Skylar entró en tromba en la habitación, con Riley pegada a los talones.

Desde que había vuelto de dejar a Nate en el aeropuerto el día anterior, se había pasado el tiempo encerrada en su habitación para evitar la tensión que se respiraba en la casa, o echándole un ojo a Ivy cada dos o tres horas. Por el momento su hermana no había mostrado interés en nada que no fuera ver la tele.

—¡Tú, zorra! —gritó Skylar, mirándola fijamente.

—¿Qué? —respondió aturdida. No tenía ni idea de que aquellas dos estuvieran en la casa, y menos aún, que se atrevieran a entrar en su habitación.

Ivy debía haberles abierto. ¿Por qué? ¿Es que no se daba cuenta de que debía cortar todos los lazos que le quedaran con aquellas dos? Ellas le habían suministrado los analgésicos.

—Pero qué cara tienes —continuó amenazante.

—Será mejor que os marchéis. Ahora mismo.

—No nos vamos a ninguna parte —intervino Riley—. Sabemos que has sido tú.

—No es solo cosa mía. Mi padre también quiere que os alejéis de Ivy.

–¿Es que no has sangrado ya bastante a tu hermana?

Aquellas dos eran medio lelas.

–¿Sangrado? ¿Tienes alguna idea de lo que yo hago por Ivy?

–Pues escribirle la música, no, desde luego.

Las palabras de Skylar la dejaron fría. Todo el mundo que conocía la verdad que se ocultaba tras el trabajo de Ivy la guardaba celosamente, y desde luego a ninguna de aquellas dos se le podía confiar un secreto con tanto potencial para hacer daño.

–Pues claro que no.

–Entonces, ¿por qué le has dicho a los medios que Ivy no ha escrito ninguno de sus temas?

–Yo no le he dicho nada a nadie –el pánico la asaltó. Semejante revelación destrozaría a su hermana–. Nunca haría algo así.

–Yo creo que sí –contradijo Riley.

–Estás resentida con ella –apoyó Skylar.

–No es cierto.

Incluso ella detectó la mentira en su tono de voz.

Estaba resentida con Ivy, pero no por las razones que pudieran imaginarse. No le importaba que fuese más guapa y tuviera talento. Durante los últimos cinco años en que su hermana había empezado a comportarse como una diva, no le había importado ser su asistente y hacer lo que fuera necesario para lanzar su carrera.

–Claro que sí –intercambiaron una mirada–. Estás colada por Nate.

–Todos nos hemos dado cuenta.

–Pero él no sabe ni que estás viva. Solo tiene ojos para Ivy, así que has decidido desacreditarla diciéndole a los medios que eres tú quien ha escrito sus temas.

—Tengo que hablar con Ivy —sentenció, decantándose por el silencio.

Se levantó e iba a salir cuando Riley se le puso delante, cortándole el paso.

—Ella no quiere hablar contigo.

—Si queréis saber quién sangra a mi hermana, miraros en un espejo.

Imbuida por una fuerza que no creía poseer, se zafó de ellas y salió.

Ivy estaba junto a la puerta que daba a la piscina, y en la mano sostenía el diario en el que Mia escribía su música.

—No le he hablado a nadie de tus temas.

Avanzó hacia su hermana, pero Ivy se alejó.

—Te lo juro.

—¿Ni siquiera a Nate?

—Él se lo imaginó solo.

—Eres una mentirosa —dijo, enseñándole el diario—. Lo he leído. ¡Es él!

Era un cuaderno pautado en el que escribía música y notas personales, y aunque no había mencionado en ningún momento el nombre de Nate, se podía deducir de quién hablaba por las situaciones que describía.

—Estoy segura de que no podías esperar a contárselo —continuó—. Seguramente pensaste que se fijaría en ti si sabía que eras compositora.

—¡Te juro que no le dije nada! —respondió, aunque en el fondo del corazón había deseado que se diera cuenta y quizás, inconscientemente, le había ayudado a descubrirlo—. Lo que pasa es que, durante la gira, escribí algunas canciones con Melody, y como a ti no te vio escribir, empezó a sospechar.

–¿Qué otras cosas malas le has estado soltando sobre mí?

–¡Nada!

–¿Te crees que no me he dado cuenta de que estás colgada por él? Pero no esperes que se interese por ti jamás.

–¿Por qué te importa lo que yo pueda sentir por Nate?

–No me importa –replicó, aunque lo contrario era más que obvio–. Lo que pasa es que no quiero verte haciendo el ridículo con una persona que no juega en tu liga.

–Pues él no lo ve así.

En cuando pronunció aquellas palabras, deseó no haberlo hecho.

–Pues debería –replicó, y de buenas a primeras, lanzó el cuaderno a la piscina.

Mia vio con horror cómo cientos de horas de trabajo, de angustia y amor, caían en el agua de golpe y comenzaban a hundirse.

–¡Mi cuaderno! –exclamó, y corrió a la piscina sin poder creerse que su hermana hubiera sido capaz de hacer algo tan cruel–. ¿Pero qué demonios te pasa, Ivy?

–Ahora ya no hay pruebas de que escribieras tú esos temas.

–Te olvidas de que tengo años de cuadernos guardados, y todos ellos demuestran que te has estado atribuyendo los frutos de mi trabajo. ¿También vas a destruirlos?

–Sí.

–¿Por qué haces esto? Basta con que emitas un comunicado en el que confirmes que eres la autora de toda tu música.

–¿Por qué tienes que estropearlo todo?

–Yo no he hecho nada.

–¡Es todo culpa tuya! Todo –las lágrimas le rodaban por las mejillas–. Ya no puedo ni mirarte.

–¡Ivy, por favor, cálmate y hablemos!

El comportamiento de su hermana la estaba asustando y fue a ponerle una mano en el brazo, pero Ivy no se lo permitió.

–No hay nada de qué hablar. ¡Te odio! Quiero que te vayas de esta casa y de mi vida. Estoy harta de que me digas qué tengo que hacer y dónde tengo que ir.

–Eso lo hago porque soy tu asistente –su frustración seguía creciendo–. Es mi trabajo tener siempre presente tu agenda.

–¡Pues estoy harta! No te necesito.

–¿Qué estás diciendo?

–Estoy diciendo que no quiero tener que aguantarte ni un minuto más. ¡Lárgate de mi casa!

126

Capítulo Nueve

Era martes por la noche. Nate había cenado solo y estaba sentado en el salón con su guitarra intentando asimilar la tristeza que le provocaba estar solo. Estaba harto de volver a casa y encontrarla vacía; harto de dormir solo en una cama grande. Verse con Mia por Skype la noche anterior había resultado más frustrante que divertido.

El teléfono sonó. Esperaba que fuese ella, pero no.

–Hola, Trent.

Su socio fue al grano sin preliminares.

–Se ha filtrado que Ivy no escribe la música que graba.

–¿Qué?

–¿Has sido tú?

–No –respondió. Ojalá hubiera sido cosa suya, pero Mia nunca se lo perdonaría–. ¿Cuándo ha ocurrido?

–Esta tarde. Acabo de enterarme.

–Esta tarde... –¿por qué no le habría llamado Mia?–. ¿Has hablado con Javier?

–Aún no. He pensado que, teniendo en cuenta tu relación con Mia, debíamos ver cómo quieres manejar la situación.

Apreciaba la consideración de su amigo, pero no tenía ni la más remota idea de qué sería lo mejor para ella.

–Creo que West Coast Records debería decir que no sabía absolutamente nada de eso.

–¿Pero es cierto? –Trent parecía tenso y cansado–. No tengo ni idea de en qué estaba metido el sello con mi padre o mi hermano al mando.

¿Dónde estaba Mia?

¿Estaría encerrada con su familia mientras diseñaban una estrategia para minimizar los daños? Ivy debía estar histérica. Primero el patinazo de los AMA, y ahora aquello. ¿Por qué no le habría llamado o escrito?

–¿Y si haces una declaración personal en la que digas que no tenías conocimiento de la situación y que investigarás y corregirás los errores que se hayan podido cometer? –sugirió Nate.

–Eso sería echarla a los leones. Lo más importante es: ¿tú quieres que a Mia se le reconozca la autoría de la música?

–Primero tengo que hablar con ella. ¿Puedes darme un par de horas?

–No voy a precipitarme, así que mañana por la mañana me vale.

Nate colgó y llamó a Mia. No le sorprendió que saltara el buzón de voz. Le dejó un mensaje y comenzó a deambular por la casa. No habían pasado cinco minutos cuando sonó el timbre de la casa. Esperaba encontrarse a Melody tras la puerta, pero era Mia.

–Venía de camino hacia aquí cuando escuché tu mensaje.

Traía el rostro demacrado por el dolor.

–¿Estás bien? –le preguntó, tirando de su mano para que entrase.

–No.

Claro que no. Menuda pregunta tonta.

–Pero ahora que la verdad ha salido a la luz, Trent y yo te apoyaremos al cien por cien.

–¡Me ha tirado las partituras a la piscina! Había casi seis meses de ideas y melodías –temblaba–. Y me ha despedido.

Nate la abrazó.

–No puedo creer que haya podido hacer algo así.

Entraron al salón y la hizo sentarse en el sofá, y cuando la tuvo apoyada en su pecho, suspiró satisfecho. Su vida podía estarse viniendo abajo, y en lo más hondo de su desesperación, había acudido a él.

–No sé qué ha pasado –murmuró después de un buen rato–. Estaba con la lista de la compra para la cena de Acción de Gracias cuando, de repente, Skylar y Riley entraron en mi habitación acusándome de haberle revelado a los medios que yo había escrito todos los temas de Ivy. Y cuando le dije a mi hermana que no había sido yo, no me creyó. ¡Estaba fuera de sí! Decía cosas sin sentido.

–Se dará cuenta de que no has sido tú.

–No sé si me va a creer. ¡Me ha echado de su casa! Siempre he vivido con ella, Nate.

La cosa iba mejorando por minutos.

–Puedes venirte a vivir aquí –le dijo con suavidad–. A lo mejor al final es un nuevo comienzo. Una nueva oportunidad.

–¿Un nuevo comienzo? –repitió sus palabras como si paladease un plato extraño–. No hemos terminado.

–Creía que habías dicho que te ha despedido y te ha echado de su casa.

–Pero no lo decía en serio.

–¿Y si lo decía de verdad? Podrías trabajar para mí, y vivir en Las Vegas.

«Podrías estar conmigo», pensó.

Era lo mismo que ya le había dicho en Australia. El ofrecimiento que ella había rechazado de plano.

–Podría ser –dijo–, pero no es así como quiero que pasen las cosas.

–¿Qué es lo que quieres? ¿Su bendición? –preguntó sin poder evitar la aspereza–. Sabes que nunca te la dará.

–Lo sé, pero esto ha sido tan abrupto… es como si me odiase. Sabiendo lo importante que era ese cuaderno para mí, lo tiró a la piscina. ¡Seis meses de trabajo desaparecido!

–Te olvidas de las demos que grabaste. Y escribirás muchas canciones más.

Ella hizo una mueca.

–Haces que parezca tan fácil… –le sorprendió alzándose para darle un beso en los labios–. Además, esas canciones eran especiales. Hablaban de nosotros, de cómo me siento cuando estoy contigo.

El corazón le dio un salto.

–¿Y cómo te sientes?

–Como si de verdad existiera.

–Para mí has existido siempre.

–Lo sé.

Cuando se marchó de L.A., se prometió a sí mismo que mantendría la distancia hasta que ella estuviera preparada para comprometerse en una relación, pero la promesa se deshizo en humo cuando ella hundió la mano en su pelo. No tenía palabras con las que negarse, ni fuerza de voluntad para rechazarla. Dejó que los ojos se le cerraran y absorbió su aliento antes de rozar su boca, casi como si esperase que, en cualquier momento, fuera a rechazarlo. Ella curaba su interior, hasta que ella apareció, había llenado su vacío primero con diversión y, después, con música.

–Sobre lo que me dijiste la otra noche… Nate, hay algo que tienes que saber…

Pero él no la dejó hablar.

–No hables –dijo, y se levantó para tomarla en brazos y llevarla a su alcoba.

–¿Estás seguro? –peguntó ella cuando sus pies tocaron el suelo junto a la cama.

–Muy seguro. Esta noche solo somos tú y yo.

Y el comienzo de todo.

Mia estaba de pie en la cocina de Nate, rodeada por las sobras de la cena de Acción de Gracias, y sonrió satisfecha. En el salón, Nate, Klye y Trent estaban sentados en el sofá viendo fútbol en la tele.

–¿A qué te ayudo? –preguntó Melody al entrar en la cocina y verlo todo lleno.

–Lo tengo controlado, pero si quieres quedarte y hacerme compañía, genial.

–Pero tú has preparado toda la cena –Savannah acababa de entrar con su niño en los brazos. Dejó al pequeño con su marido y volvió–. No tendrías que recoger también.

–No me importa. Hoy ha sido uno de mis mejores días de Acción de Gracias.

–Estoy de acuerdo –contestó Melody–. El año pasado, Nate y yo estábamos de viaje, y Kyle y Trent, en

Miami –hizo una pausa y miró a Savannah–. ¿Rafe te hizo pasar la fiesta con Siggy?

–Desgraciadamente.

Mia recordaba haber oído contar a Melody que el padre de Trent era un cafre que trataba a Trent como si fuera la oveja negra de la familia sin razón aparente.

Mientras las oía contar historias de otras celebraciones de la familia Caldwell, fue poniendo en orden la cocina. Conocer las disfunciones de otras familias apaciguó un poco su angustia. Había llamado a sus padres y a Ivy para desearles un feliz día, pero ninguno había contestado a su llamada.

Parecía imposible que, después de todo lo que había hecho por su hermana, pudieran creerla responsable de la filtración. Y a medida que iban pasando las horas, parecía que Nate tenía razón: su despido era permanente.

No más demandas de café o encargos frívolos. Nadie la despertaba a las tres de la mañana como cuando Ivy volvía de fiesta y tenía que prepararle gofres o quesadillas, según lo que le apeteciera. No se había acostumbrado aún a la paz y la tranquilidad que emanaban de no ser ya la asistente de su hermana.

Era agradable fingir que aquella era su vida. Con Nate. Miró a los tres hombres acomodados en el sofá. ¿Así era normalmente la fiesta de Acción de Gracias? Una casa llena de amigos de verdad, comida y fútbol.

–Conozco esa mirada –dijo Savannah con un suspiro.

Melody se rio.

–¿La ves cada vez que te miras en el espejo?

–La reconozco de cuando Kyle y tú empezásteis a

132

salir. ¿No crees que ya es más que hora de que os dejéis de juegos y empecéis a actuar como dos personas que vuelven a estar enamoradas?

–¿Se lo has dicho? –preguntó Mia en voz baja.

Melody negó con la cabeza.

–Iba a hacerlo hoy, pero no he encontrado la oportunidad.

–Pues os hemos dado un montón de oportunidades –protestó Savannah.

Había sido fácil aislar a la pareja a lo largo del día, pero ninguno de los dos parecía sentirse cómodo. Tres veces los había visto Mia entablar una conversación para, enseguida, separarse.

La boca se le quedó seca. Ella también se había prometido que iba a confesarle a Nate que iba a ser padre, pero con el drama de Ivy y los preparativos de la cena, se le había olvidado.

En cuanto se lo dijera, su vida cambiaría para siempre. Tendrían qué decidir juntos lo que iban a hacer porque, a pesar de que él le había dicho que quería que siguieran juntos, había una gran diferencia entre avanzar en una relación y ser padres.

Por el momento, no había nada que hacer hasta que los demás se marchasen. Melody estaba viviendo en casa de su hermana mientras trabajaba en su álbum con Ugly Trout Records, y había venido con ellos. Cuando Kyle se ofreció a llevarla a casa, Mia y Nate intercambiaron una mirada satisfecha.

A Savannah le costó una hora arrancar a Trent del partido. Dylan estaba roto y dormido en los brazos de su padre y Savannah declaró que ya era más que hora de volver a casa y acostarlo.

–Los últimos– dijo Nate con una sonrisa que destilaba ternura y deseo.

Mia no pudo resistirse a la invitación que vio en sus ojos y se alzó para besarlo en la boca. Pero apenas había rozado sus labios cuando le sonó el móvil.

–No respondas –le dijo él, y la rodeó con los brazos para besarla hasta dejarla sin respiración. Sus manos se deslizaron por debajo de la camisa y avanzando por los costados, llegaron a sus senos. Los pezones se endurecieron y provocaron corrientes eléctricas que viajaron hasta todas sus terminaciones nerviosas.

El teléfono sonó por segunda vez y Nate maldijo entre dientes.

–Podría ser mi familia –dijo ella con la esperanza brillando en la voz–. Déjame mirar.

–Te espero en el dormitorio.

Mia le lanzó un beso y entró en el salón para apagar la televisión y cerrar la puerta de corredera que daba a la piscina y, mientras, sacó el teléfono. Qué desilusión. No era de su familia, sino de Ivonne, la estilista de Ivy. En él había un enlace y nada más. Mia se quedó muda al ver lo que salía en la pantalla.

En las últimas cuarenta y ocho horas no había tenido tiempo de entrar en las redes sociales y ver qué había estado haciendo su hermana. De hecho, había experimentado un gran alivio al distanciarse de todo, un gran alivio carente por completo de culpa, pero en aquel momento, bastó ver una foto en Instagram para entrar de nuevo en toda aquella locura. Era el contenido de un bolso que le era muy conocido: el suyo. En él, había una prueba de embarazo: la suya.

¿Cuándo había tomado aquella foto? No tardó en

darse cuenta de cuándo. La mañana de los AMA, después de la entrevista de televisión. Ivy le había pedido un café y ella se había dejado el bolso para ir a buscarlo. ¿Su hermana lo había sabido todo ese tiempo? ¿Por qué no le había dicho nada?

—¿Mia?

La voz de Nate llegaba del dormitorio principal.

—Enseguida voy.

La pantalla del teléfono volvió a iluminarse. Su madre. Era poco probable que la llamase para desearle un feliz día de Acción de Gracias. Dejó que saltase el buzón de voz y bloqueó todas las llamadas entrantes. A continuación, volvió a mirar la foto.

Antes de hablar con nadie, tenía que hacerlo con Nate. La necesidad compulsiva de su hermana de contar con atención en las redes sociales le había hecho publicar la foto de su secreto. ¿Sería su modo de vengarse porque estaba convencida de que había propagado ella el suyo? Y, si no era así, ¿por qué no anunciarlo sin más?

Pues porque así creaba un montón de habladurías. Así lograría distraer a todo el mundo del escándalo de la autoría de sus temas y crearía confusión sobre la autenticidad de las historias más recientes que circularan sobre Ivy Bliss.

—¿Mia?

La voz de Nate parecía más cercana.

—Perdona —murmuró, mirándolo e intentando controlar el torbellino que tenía en la cabeza—. ¿Has dicho algo?

—Que si estás bien. Te has quedado muy pálida.

—Es que…

–Estoy…

«Estoy muy, muy mareada».

Cuando Mia salió de la habitación a toda prisa, Nate recogió el móvil y miró la foto de la pantalla. Había una prueba de embarazo sobre un monedero, un carmín y un cuaderno pautado con la tapa de color, que debía ser el que Ivy había tirado a la piscina. Tardó un momento en procesar la imagen.

¿Qué hacía Mia con una prueba de embarazo en el bolso? Desde el pasillo le llegó el ruido de alguien que vomitaba. La respuesta de la protagonista iba a tardar en llegar. Leyó el texto que había debajo de la foto. No era de Ivy, sino de su amiga Skylar. En la descripción no se citaba el nombre de Mia, sino el de Ivy y… el suyo.

Ahora entendía la estampida de Mia, y sintió en su interior un estallido de furia. ¿De verdad se podía creer que hubiera llegado a tocar a Ivy? ¿Que le haría algo tan cruel a ella? ¿Era aquella la razón de que hubiera venido actuado de un modo tan raro últimamente? ¿Cuánto tiempo llevaba pensando así de él? Obviamente sabía que su hermana estaba embarazada antes de ir a los AMA. ¿Por qué no le habría hablado de ello? Que tuviera tan poca fe en él le llegó al corazón.

Y en cuanto a Ivy… aquella treta no se habría montado sin su aprobación. Nunca toleraría semejante traición de una subordinada. No podía imaginarse lo que aquello significaría para Mia. ¿Se sentiría atada para siempre a su hermana, o rompería definitivamente con la familia?

Se plantó en el cuarto de baño. Mia estaba sentada en el suelo, la espalda apoyada contra la pared de la bañera, las rodillas bajo la barbilla y se rodeaba las piernas con los brazos.

–¿Estás bien?

–No.

A pesar de su expresión, la palabra salió sin sarcasmo. Se levantó y se lavó la cara. Estaba echando mano al cepillo de dientes cuando él habló.

–Tú sabes que yo no me he acostado con Ivy –hizo una pausa esperando una reacción, pero no la hubo–. Nunca la he tocado. Ni siquiera la he mirado en ese sentido.

Mia cerró los ojos y no le contestó. ¿Es que no le creía? Se puso a su lado y la miró en el espejo. Ella frunció mínimamente el ceño antes de agacharse para escupir la pasta de dientes.

–¿Por qué no me crees?

–Te creo –contestó, y una lágrima le rodó por la mejilla, que rápidamente se quitó con la mano–. Pero el hecho es que el niño es tuyo.

–Eso es ridículo, además de imposible.

Mia se volvió para mirarle por fin.

–Lo que no sabes es que esa prueba de embarazo no es de Ivy.

El cuerpo entero le tembló por el golpe.

–¿Estás embarazada?

–Sí.

–¿Desde cuándo?

–Desde Sídney.

–Lo que quiero decir es que cuánto tiempo hace que lo sabes.

Una voz al fondo de su cabeza le decía que aquello era lo mejor que le había pasado en la vida, pero la ira porque no se lo hubiera contado la ahogó.

–Tuvo que ser antes de que Ivy te tirara el cuaderno a la piscina. Lo he visto debajo de la prueba de embarazo.

–La mañana de los AMA.

–¿Por qué no me lo dijiste entonces?

–Era un evento muy importante para ti. No quería estropearlo…

–¿Cómo has podido pensar que saber que iba a ser padre podría estropearme algo?

Mia frunció el ceño.

–Yo no he planeado nada de todo esto. No quería que pudieras pensar que quería atraparte.

–Eso es lo último que habría pensado, créeme –se rio–. De hecho, me habría encantado que ese fuera tu motivo. Así al menos podría contar con que tú y yo estamos juntos.

Ella tardó en responder a su acusación.

–Eso no es justo –replicó, con las mejillas coloradas.

–¿Ah, no? Aún no me has explicado por qué no me lo dijiste nada más saberlo.

–Pues porque tenía miedo, ¿vale?

–¿De qué? ¿De mí?

–De que todo cambiase.

–¿Y qué tiene de malo ese cambio?

–No lo entiendes.

Sí que lo entendía: prefería quedarse a la sombra de su hermana, donde se sentía segura, que correr riesgos con él.

–¿Cuándo vas a dejar de esconderte detrás de Ivy?

–¿Esconderme? No me escondo. Ya sabes cómo es mi hermana y lo que está pasando. Cada vez que no estoy con ella, ocurre algo terrible.

Y esa era la raíz del problema.

–No puedes ser la cuidadora de tu hermana toda tu vida –Nate bajó la voz, intentando serenarse–. Jamás va a asumir la responsabilidad de su propia vida si ni tú ni el resto de la familia se lo permitís.

–No puedo volver a tener esta conversación.

El labio inferior le temblaba y se lo mordió, y antes de que Nate pudiera reaccionar, había salido del baño e iba directa hacia la salida.

–¿Dónde vas? –le preguntó, sujetándola por un brazo.

–Necesito tiempo para pensar.

–Has tenido meses ya para pensar. Lo que tienes que hacer es tomar una decisión sobre nosotros.

–¿Piensas que no lo sé?

–Vamos a tener un hijo –pronunció despacio, con la esperanza de que las palabras penetrasen aquel dichoso muro con el que se había rodeado–. Y quiero estar en la vida de mi hijo, y no desde la distancia –no quería parecer enfadado. La quería y quería estar con ella. Casarse y criar juntos a sus hijos. Pero lo que en realidad había hecho era proferir casi una amenaza–. Te he pedido que te quedes en Las Vegas conmigo, y no me has respondido. ¿Qué va a ser, Mia?

–Yo quiero quedarme, pero tú pretendes que elija entre Ivy y tú, y eso no puedo hacerlo.

–¿Vas a elegir entre nuestro hijo e Ivy?

Fue como si la hubiera abofeteado. Mia dio varios pasos hacia atrás.

–Eso no es justo. Nuestro hijo es lo primero.

Nuestro hijo. Le gustaba cómo sonaba. Pero ¿y a él? ¿Le iba a elegir a él?

–Mia, lo siento –dijo con sinceridad–. Sentémonos y empecemos de nuevo, pero con más calma.

Ella respiró hondo y se pasó las manos por el pelo.

–De acuerdo.

Dejó que la guiara a la cama, donde se sentaron con la espalda apoyada en el cabecero. Estuvieron en silencio durante un buen rato.

–Lo siento –dijo ella, apoyando la cabeza en su hombro y tomando su mano. No quería que fuera así como supieras que ibas a ser padre.

–Yo tampoco esperaba que ocurriera así –sonrió–. La verdad es que no tengo ni idea de qué esperaba.

–¿De verdad te parece bien?

–Muy bien –entrelazó sus dedos con los de ella y apretó su mano–. Es increíble. Cada vez que mi padre me pegaba cuando era un crío, pensaba en lo que era ser padre. No todo el mundo está hecho para serlo, pero me prometí que me esforzaría el doble para compensar el infierno que me hizo pasar mi padre.

–Vas a ser un padre increíble. Encontraremos el modo de solventar todo eso. Solo necesito tiempo para hablar con mi familia. Está claro que no va a ser fácil, teniendo en cuenta cómo está actuando Ivy.

–No tienes por qué hacerlo sola. Déjame acompañarte cuando vayas a verlos.

Sabía que no debía enfrentarse él a Ivy. Su hermana era la que mejor sabía manejarla. Pero anunciar un falso embarazo en las redes sociales y decir que él era el padre era más que incómodo, y por mucho que desease reiterar su opinión sobre cómo el comportamiento de toda la familia había creado el monstruo que era Ivy Bliss, Mia necesitaba su apoyo y no sus críticas.

–No te enfades –respondió ella, intentando sonreír–, pero pienso que debo intentar explicarle las cosas a mi padre sola. Si estás tú, todo será más complicado.

Nate se encogió de hombros. Preferiría estar a su lado y presentar un frente unido ante su padre para apoyarla y porque le preocupaba que volviera a rendirse ante su familia.

–Dejaré que te ocupes tú de tu familia, pero te digo desde este momento que voy a llamar a mi relaciones públicas para decirle que emita un comunicado en el que se diga que tu hermana y yo no hemos tenido ni tenemos ninguna clase de relación. Y durante las próximas doce horas no quiero volver a hablar de ella. ¿Puedes hacerlo?

–No lo sé. Creo que nunca he estado tanto tiempo sin hablar con ella –sonrió–. La verdad, ahora que lo pienso, hay un par de noches que nunca olvidaré en que ni me acordé de ella por culpa de un tío guapo que conocí.

El pulso se le aceleró de inmediato. Con ella siempre le ocurría así, por mucho que le irritase su actitud hacia su hermana. Pero se había terminado dejarse manipular por Ivy; todo lo que le importaba en aquel momento era Mia. Se apoyó de nuevo en el cabecero y acarició su pelo y ella, suspirando, alzó la cara para recibir su boca.

Capítulo Diez

A la mañana siguiente, Mia hizo su maleta y dejó que Nate la llevara al aeropuerto para tomar el vuelo de las diez a L.A., donde Ivy y su padre estaban reunidos con Trent para tratar sobre el álbum y su interés en que fuera Hunter Graves quien lo produjese, en lugar de Nate.

Sorprendentemente no había recibido llamada ni mensaje alguno de su familia. Sin duda debían estar todos en modo crisis por lo de Instagram. Nate había hecho lo que había dicho y se había emitido un comunicado desmintiéndolo todo, por lo que Mia se preguntó cómo estaría su hermana.

¿Sería una locura lamentar que la hubieran dejado fuera de lo que estaba ocurriendo después de todo lo que había sacrificado por su hermana y su carrera?

Cuando detuvo el coche en la terminal, Nate tomó su mano y se la apretó para tranquilizarla.

−¿Estás segura de que no prefieres olvidarte de lo de tu familia y quedarte aquí conmigo?

Con cada minuto que pasaba iba perdiendo las ganas de ir a L.A., pero ya había pospuesto demasiado tiempo hablarle a su familia de Nate y de su embarazo.

−Te lo agradezco pero creo que será mejor que hable con ellos en persona −bajó del coche y dejó que Nate sacara la maleta del maletero−. Te llamo luego.

Pero cuando llegó al mostrador para facturar el equipaje, se sintió desbordada por una mezcla de emociones: enfado, miedo… Había mantenido en secreto su relación con Nate casi cuatro meses, y quererle le había dado más felicidad que cualquier otra cosa, pero había mantenido oculta su felicidad por temor a que se la arrebatasen si la verdad salía a la luz.

Era algo que no le había explicado a Nate, y él había dado por hecho que tenía miedo de dar un paso adelante porque su identidad estaba atrapada a la sombra de su hermana. Después de contarle la terrible experiencia en que Ivy había estado a punto de morir por los analgésicos, se había mostrado más comprensivo acerca de la carga de responsabilidad que sentía por su gemela, pero no le parecía bien que no dejara que su hermana cometiera sus propios errores y después tuviese que hacer frente a las consecuencias. Y tenía razón en parte. Incluso en aquel momento, con todo tan tenso entre ellas, habiendo sido despedida, seguía preocupada por lo que fuera a ser de ella.

Cuando le llegó el turno de acercase al mostrador, en lugar de presentar su billete, preguntó si había algún vuelo para Chicago. De pronto sintió una intensa necesidad de pedirle consejo a su hermana mayor, Eva. No se paró a pensar si a ella le iba a hacer mucha gracia, ya que en los últimos cinco años, también había cuestionado su exhaustiva dedicación a Ivy, lo cual había sido motivo de discusión muchas veces entre ellas. Aun así, estaba convencida de que la recibiría con los brazos abiertos.

Cambió su billete, pasó el control de seguridad y corrió para no perder el vuelo. A continuación escribió a su hermana para hablarle de aquella visita sorpresa, de la publicación en Instagram, y le hizo un resumen de los problemas que Ivy y ella estaban teniendo. Normalmente no solía involucrarla en lo que pasaba con Ivy, porque conocía su respuesta, pero ahora quería contar con su opinión.

No obtuvo respuesta antes de que llegara el momento de apagar el móvil. Estaría con algún paciente. Como psiquiatra sorda, Eva tenía un nicho único: casi dos tercios de sus pacientes tenían dificultades auditivas.

Una vez en Chicago, había pensado tomar la línea azul de tren al centro y luego la púrpura a Evanston, donde vivía su hermana, pero al llegar a la zona de recogida de equipajes un rostro familiar la recibió.

–¿Pero qué haces aquí? –exclamó y corrió junto a ella. Tan sorprendida, tan aliviada estaba que se había olvidado de hablar con signos, y esa fue la última frase que pudo pronunciar antes de echarse a llorar.

Eva no preguntó nada. Se limitó a abrazarla y dejar que soltara toda aquella tristeza que había ido acumulando en los últimos meses. Cuando Mia recuperó el control, se dio cuenta de que la había apartado de la marea de gente y estaban junto a la pared.

–¿Qué haces aquí? –volvió a preguntarle mientras se secaba los ojos. Eva sabía leer los labios y podía hablar–. Iba a ir en tren hasta tu casa.

–He cancelado mis dos últimas consultas –dijo Eva con signos–. No pensarías en serio que iba a dejarte tomar el tren.

Parecía imposible que pudieran quedarle más lágrimas, pero mientras caminaban hacia la cinta de equipajes, sus mejillas volvieron a humedecerse. Ya con la maleta salieron al aparcamiento, y como no podían hablar mientras Eva conducía, se sentaron en un banco.

–¿Has hablado ya con Ivy para ver qué piensa?

–No. Me daba miedo lo que pudiera decirme.

–¿Y con papá y mamá?

–Es que también me da miedo lo que puedan decir.

–¿Quieres contarme ahora lo que ha pasado, o prefieres esperar a que lleguemos a casa?

–Mejor en casa.

Estaban paradas en un semáforo a la salida de la autopista cuando Eva volvió a hablar con las manos:

–¿Tienes hambre? Podemos ir a comer a algún restaurante y me cuentas lo que está pasando. O vamos a casa.

Había algo en su hermana que no terminaba de cuadrar, pero tuvo que esperar al siguiente semáforo para preguntárselo.

–¿Qué pasa en tu casa?

–He pensado que a lo mejor estabas más cómoda sin nadie alrededor.

–¿En un restaurante? ¿Qué pasa en tu casa para que no me quieras llevar allí? –le preguntó, mirándola fijamente–. ¿Jeremy? ¿Te he estropeado la noche? ¡Cuánto lo siento!

–Tonterías. Hace seis meses que no te veo, y a él lo veo constantemente.

Eva llevaba saliendo con Jeremy un año. Era un pediatra del hospital de Evanston. Se habían conocido durante la residencia de su hermana allí y habían sido amigos mucho tiempo antes de decidirse a intentar otra cosa.

145

Mia sintió una tremenda alegría. Si alguien se merecía ser feliz, era Eva.

—Entonces, ¿vais en serio?

La felicidad de sus ojos era más que suficiente para saber la respuesta.

—Estamos viviendo juntos.

—¡Vaya! ¿Estáis comprometidos?

—Sí. No viviríamos juntos de no ser así.

Llevaba seis meses comprometida y se lo había ocultado a su familia. Estaban tan centrados en la carrera de Ivy que apenas había sido para nada más.

—¿Dónde está el anillo?

—En el bolso.

Mia abrió un compartimiento interior y sacó el brillante, se lo entregó y Eva se lo puso.

—Siento no haberlo sabido.

—No es culpa tuya, sino mía. Tendría que habértelo dicho.

En realidad, no. Con su falta de interés y apoyo, la familia le había fallado. Había sido como si, una vez se hubo marchado a hacer la carrera y después la residencia en psiquiatría, cayera en el olvido. No exactamente así, porque se veían de vez en cuando, pero tenía que reconocer que la familia Navarro gravitaba en torno a Ivy y su carrera.

—¿Por qué no me lo contaste a mí? —hizo la pregunta aunque sabía la respuesta—. ¿Por lo que me pasó a mí? ¿Creías que no iba a alegrarme por ti por haberla cagado yo con Nate?

Eva negó con la cabeza. En realidad, su situación se parecía bastante: ambas habían apartado a su amado de la familia para poder saborear la felicidad cuanto fuera posible. No es que fueran a manifestar una áspera desaprobación, pero su familia tenía la habilidad de estropear las cosas sin proponérselo.

–Quiero darle la enhorabuena. Vamos a tu casa.

Pero resultó que Eva se equivocaba pensando que su prometido estaría en casa. Había dejado una nota explicándole que había salido a tomar unas cervezas con sus amigos y que volvería tarde. Iban a tener horas y horas para hablar y para que Mia se desahogase.

Comenzó por contarle cómo Nate y ella habían encontrado una conexión a través del lenguaje de signos, y le refirió sus encuentros secretos y la noche que pasaron juntos en Sídney.

–Qué romántico –suspiró.

–Y qué estúpido. Ahora lamento haberlo ocultado.

–Porque sabías que Ivy lo echaría todo a perder.

–¿Por qué es así?

–Por inseguridad. Cree que todo el mundo es más feliz que ella.

–Teniendo como tiene belleza, fama y éxito, ¿por qué piensa así?

Aún no le había contado que estaba embarazada, y antes de que pudiera hacerlo, Jeremy llegó. Mia lo felicitó por casarse con la mejor chica del mundo, y cuando terminaron de hablar de sus planes para la boda, ya era tarde y ellos tenían que madrugar al día siguiente, así que se despidieron y se fueron a dormir.

Pero Mia seguía con el horario del Pacífico en el cuerpo y no tenía ni gota de sueño, así que se puso el pijama, se sentó en la cama y tomó el móvil. Era curioso que no hubiese recibido ni un solo mensaje, ni un correo electrónico… ¡Claro! ¡Si seguía estando en modo avión! Lo conectó y la luz indicadora de mensajes entrantes comenzó a parpadear como loca.

No había perdido de vista la terminal cuando ya se estaba maldiciendo por no haberla acompañado a L.A. No debería haberse dejado convencer. Estaban juntos en esto y juntos es como deberían haberse enfrentado a su padre y a su hermana.

Si no estuviera tan liado en el estudio, se iría tras ella, pero tenía un negocio que atender y artistas a los que no podía dejar colgados. A lo mejor podía reorganizar su agenda y volar a L.A. por la noche.

Dos horas después había hablado con todos los artistas y nadie le había protestado por unas horas de retraso.

Llamó a Mia para contarle sus planes, pero saltó el buzón de voz. Claro. Estaría volando aún. Recibiría el mensaje al aterrizar y ya sabría ella cómo posponer el encuentro con su padre para esperar a que él llegara.

Entró satisfecho en el estudio, y en ese momento recibió un mensaje de su publicista confirmando la emisión de un comunicado en el que se decía que él no era el padre del hijo de Ivy Bliss. Una hora más tarde, la pantalla se iluminó con el número de Javier Navarro. Estaba en plena sesión de grabación y dejó que saltase el buzón de voz. Sabía que eso le enfadaría, pero aquel no era momento ni lugar para la conversación que iban a tener.

Cuarenta y cinco minutos después, dejó en manos de su asistente lo que quedaba de grabación y fue a su despacho, marcó el número del padre de Mia y se preparó para lo que estaba por llegar. Javier podía explotar como una bomba cuando se trataba de su hija.

—¿Cómo te atreves a llamar mentirosa a mi hija? —fue lo que le plantó nada más descolgar.

Nate suspiró.

—Creo que necesitas hablar con ella. Yo no soy el padre del hijo de Ivy.

—Ella dice que lo eres.

—Eso es imposible, porque no hemos tenido jamás esa clase de relación.

—Pues ella no lo ve así.

Tenía que intentar mantener la calma, o Mia cargaría con las consecuencias.

—Mira, Javier: Ivy y yo nunca… no sé por qué ha decidido usar mi nombre, pero yo no tengo nada que ver.

—¿Por qué iba a mentir?

—No sé decirte por qué. Creo que tu hija posee mucho talento y podría llegar a ser una estrella, pero nuestra relación ha sido siempre estrictamente profesional.

—No tan profesional. No has hecho más que martirizarla mientras grababa.

—Eso no es cierto. Ivy y yo hemos tenido diferencias creativas, nada más.

—Pues ahora quiere que sea Hunter Graves quien produzca su álbum.

—Trent y yo hemos hablado de ello y lo comprendo —no añadió que había sido él mismo quien había colado la figura de Hunter precisamente para eso—. Estoy seguro de que trabajarán estupendamente juntos.

—Se juega mucho con ese trabajo, y espero que el sello esté dispuesto a respaldarla.

–Por supuesto. Ivy es muy importante para West Coast Records. La idea es respaldarla al cien por cien.

Aquello pareció suavizar un poco las cosas y la conversación terminó más cordialmente de lo que había comenzado.

Colgó y se tomó unos minutos para serenarse, y cuando lo logró, volvió a marcar el número de Mia. Otra vez el buzón de voz. Dejó un mensaje resumiendo la conversación con su padre y luego volvió al estudio.

No le devolvió la llamada hasta después de las nueve. Acababa de entrar en la habitación del hotel.

–Hola.

–¡Hola! –qué alivio oír su voz–. ¿Has leído mis mensajes?

–Ahora mismo. Lo siento.

Nate refrenó su preocupación. Su voz parecía menos tensa.

–He hecho unos cambios en mi agenda y estoy en L.A. ¿Dónde estás tú?

–Eh… No estoy en L.A. En el último momento decidí venir a ver a Eva a Chicago.

–No es lo que habíamos hablado esta mañana.

–Lo sé, pero necesitaba un poco más de tiempo para pensar, y Eva siempre ha sido la voz de la cordura en nuestra familia.

Nate sintió frustración, alivio y preocupación. Frustración porque quería que la prioridad de Mía fuese él y no su familia. ¿Qué le habría costado escribirle antes de tomar el avión y decirle dónde pensaba ir? Alivio porque, al no saber nada de ella, había empezado a imaginar toda clase de cosas, a cual más terrible. ¿Sería consciente de que para él lo era todo, aun antes de saber que estaba embarazada de él? Y preocupación porque si había volado a Chicago en lugar de L.A., es que había mucha más tela que cortar de lo que le dejaba entrever.

–¿Qué te ha dicho Eva?

–Nada que yo no supiera ya. Que Ivy es una persona muy insegura y que tiene una habilidad especial para aguar la felicidad de los demás.

–¿Y qué vas a hacer?

–¿Ser feliz a pesar de ella?

–No pareces muy convencida.

–¿Qué es lo que me pasa? –explotó.

Ojalá estuviera allí para apoyarla, pero al igual que Ivy necesitaba ser más responsable, ella necesitaba reclamar y independencia y aceptar que se merecía ser feliz.

–No te pasa absolutamente nada. No es culpa tuya que tus padres te hayan cargado con un peso tan grande desde que eras casi una niña. Han empujado a Ivy a ser una estrella y a ti, a ser su guardiana –hizo una pausa–. No te pasa nada –repitió–. Mañana toma el avión a L.A,. y juntos iremos a hablar con tus padres.

–De acuerdo.

–No olvides que estoy contigo.

–Gracias.

–No tienes que darme las gracias. Ya es más que hora de que alguien te cuide a ti y, a partir de ahora, ese alguien voy a ser yo.

Su risa fue lo mejor de todo el día.

–Sabes que te quiero, ¿verdad?

Lo había dicho con tanta naturalidad que no podía decidir si era una frase sin más, o si comunicaba con ella un verdadero sentimiento de su corazón.

–Ahora lo sé –bromeó–. Anda, duerme un poco. Mañana nos vemos.

La presencia de Nate a su lado resultaba reconfortante cuando Mia tocó el timbre en casa de Ivy al día siguiente. Había vivido allí con Ivy casi dos años, pero en realidad nunca había sido su casa.

Clara abrió. El ama de llaves sonrió con timidez y se hizo a un lado para dejarlos pasar, pero la tristeza se adueñó de sus facciones cuando Mia reparó en las pilas de cajas que se amontonaban en el recibidor.

–Lo siento mucho. Me ha obligado a que recogiera todas tus cosas.

Mia le dio un abrazo.

–No pasa nada.

El número de cajas era escaso: ropa, libros y poco más, un triste reflejo de lo que había sido su vida hasta entonces.

–¿Cómo está Ivy?

Clara miró un instante hacia atrás.

–Está…

–¿Mia? –Javier Navarro había salido al recibidor, desprendiendo impaciencia y desaprobación–. Te estamos esperando en el salón.

Nate puso una mano en su hombro y Mia sonrió antes de erguirse y caminar hacia su padre.

–No creo que sea buena idea que él esté aquí –dijo su padre, mirándolos a ambos.

–Tenemos algo que deciros –su estómago era un nudo de ansiedad al entrar al salón. Solo estaba su madre–. ¿Dónde está Ivy?

–No quiere verte.

–Supongo que no quiere enfrentarse a lo que ha hecho.

–¿Y qué es lo que ha hecho exactamente? –preguntó Javier.

–Mentir sobre el embarazo, para empezar –Mia no se sorprendió de verlos aliviarse. Un bebé no sería bueno para la carrera de Ivy–. La prueba de embarazo era mía. El niño es nuestro –explicó, mirando a Nate.

Su madre la miró boquiabierta.

–¿Y por qué iba a hacer algo así tu hermana?

Mia sintió que el corazón se le caía a los pies. Acababa de anunciar que le había ocurrido algo maravilloso, pero sus padres solo podían pensar en Ivy.

–Es un grito pidiendo ayuda.

–Entonces, deberías estar aquí para ayudarla –sentenció su padre.

Sintió que Nate se iba poniendo cada vez más tenso.

–Ella ya no quiere que esté a su lado.

–Lo retiro.

Ivy estaba justo al otro lado de las puertas de cristal que daban a la piscina. Llevaba ropa de deporte e iba sin maquillar, con lo que presentaba un aspecto frágil e inseguro. Se diría que no tenía veinticinco años.

–No quiero que me dejes.

Mia miró a Nate y vio su desencanto. Él era su futuro. Ya no podía imaginarse la vida de otro modo, pero Ivy era su hermana gemela, y no podría irse con él hasta no haber hecho las paces.

153

–Voy a hablar con ella –le dijo, rogándole comprensión con la mirada.

Vio que le temblaba la mandíbula, pero asintió.

–Yo iré metiendo las cajas en el coche.

Pero antes de que pudiera alejarse, Mia se abrazó a él.

–Te quiero –le dijo.

Y Nate la envolvió con los suyos hasta dejarla casi sin respiración.

–Yo también.

Y sonriéndole, añadió:

–Te elijo a ti.

El alivio que vio en su expresión le paró el corazón.

–Gracias –susurró él, y la besó brevemente en la frente–. Te espero fuera.

Ignorando a sus padres, corrió a abrazar a su hermana. En un principio Ivy se resistió, pero acabó abrazándola también.

–No me dejes –le rogó en un susurro.

–Sabes que tengo que irme. Quiero a Nate y no puedo vivir sin él.

–Yo no puedo hacer esto sin ti.

–Puedes y lo harás. No dejes que papá te presione para que hagas lo que no quieras hacer. Despídelo si es necesario. Echa a Skylar y a Riley. Empieza desde cero y olvídate de ese dichoso álbum. Abre tu línea de ropa. Haz lo que quieras, que yo te apoyaré.

–Siento mucho haberte tratado así.

–Lo sé –dijo, y tuvo la sensación de estar recuperando a su hermana.

–Y me alegro de que Nate y tú estéis juntos.

–Eso significa mucho para mí.

–Nunca nos hemos liado… lo sabes, ¿no?

–Sí.

–Solo tiene ojos para ti. Lo vi en la gira y me daba tanto miedo que pudiera apartarte de mí… pero al final he entendido que tenías que irte –sonrió con tristeza–. Por eso filtré que la autora de mis temas eres tú. Necesitaba tener una razón para despedirte.

Mia la miró boquiabierta.

–¿Fuiste tú? ¿Lo has hecho por mí?

–Sabía que si no, no dejarías de preocuparte por mí.

–Pero… ¡acabas de pedirme que me quede!

–No era consciente de lo sola que iba a sentirme sin ti –confesó, secándose las lágrimas–. Ahora, haz el favor de largarte antes de que vuelva a ser Ivy Bliss y te dé una patada en el culo.

Mia se echó a reír.

–Te quiero.

–Y yo a ti.

Con un último abrazo se separaron, pasó por delante de sus padres, inclinó levemente la cabeza y salió a toda prisa por la puerta, sintiéndose libre por primera vez desde hacía años.

Nate la esperaba junto al coche, y la recibió con una sonrisa y los brazos abiertos.

–Vámonos de aquí –dijo, y la ayudó a subir al coche.

–¿Adónde vamos?

–A dejar estas cajas en un transportista y luego al aeropuerto. Quiero que te quedes instalada en Las Vegas antes de que cambies de opinión.

–No voy a cambiar de opinión –sonrió, mirándole.

***

Una hora más tarde, caminaban de la mano hacia el control de seguridad cuando Nate la apartó del trasiego de gente.

–No tenía planeado hacerlo así, pero me acabo de dar cuenta de que van a pedirme que me vacíe los bolsillos –sacó una cajita y abrió la tapa. Sobre el terciopelo negro había un anillo con un brillante–. Mia Navarro, amor de mi vida, ¿quieres casarte conmigo?

Mia se quedó sin palabras.

–No te lo pido porque estés embarazada –se apresuró a aclarar al ver que no contestaba–. No soy esa clase de tío.

–Eres exactamente esa clase de tío –sonrió–, y por eso te quiero.

–Dilo otra vez.

–¿El qué?

–Que me quieres.

–Te quiero.

–¿Y…?

–Y que nada en el mundo me impedirá casarme contigo.

Sacó el anillo de su caja y se lo puso en el dedo.

–Eres mi vida.

–Y tú la mía –dijo ella, poniendo la mano en su mejilla–. Para siempre.

Y un beso lleno de ternura selló su promesa antes de que tomasen el avión que los llevaría a su hogar.

Bianca

Ambos han sufrido en el pasado
y ocultan dolorosos secretos, y no están
dispuestos a que vuelvan a hacerles daño

RESCATADA POR EL JEQUE

KATE HEWITT

Para proteger el trono, el jeque Aziz al Bakir necesitaba a alguien de confianza con el fin de que se hiciera pasar temporalmente por su prometida, que había desaparecido. Así que el legendario donjuán ordenó a Olivia Ellis, su ama de llaves, que aceptara el papel.

Olivia creía que Kadar era el sitio ideal para ocultarse, pero la orden del jeque la haría objeto del escrutinio público. Sin embargo, incluso eso sería más fácil de soportar que la intensa mirada de Aziz. Este, implacable como sus ancestros del desierto, eliminó sus reparos, por lo que Olivia pronto se vio haciendo el papel de reina en público y de amante en su cama.

¡YA EN TU PUNTO DE VENTA!